綴網勞蛛

許地山 —— 著

我像蜘蛛，命運就是我的網

「我們都是從渺茫中來，在渺茫中住，望渺茫中去。」

獨特的女性形象、濃厚的宗教寓意、神祕的異國風物

以愛和家庭出發，透過底層百姓的視角揭發社會問題

目錄

目 錄

命命鳥

　　敏明坐在席上，手裡拿著一本《八大人覺經》，流水似地念著。她的席在東邊的窗下，早晨的日光射在她臉上，照得她的身體全然變成黃金的顏色。她不理會日光晒著她，卻不歇地抬頭去瞧壁上的時計，好像等什麼人來似的。

　　那所屋子是佛教青年會的法輪學校。地上滿鋪了日本花席，八、九張矮小的几子橫在兩邊的窗下。壁上掛的都是釋迦應化的事跡，當中懸著一個卍字徽章和一個時計。一進門就知那是佛教的經堂。

　　敏明那天來得早一點，所以屋裡還沒有人。她把各樣功課念過幾遍，瞧壁上的時計正指著六點一刻。她用手擋住眉頭，望著窗外低聲地說：「這時候還不來上學，莫不是還沒有起床？」

　　敏明所等的是一位男同學加陵。他們是七、八年的老同學，年紀也是一般大。他們的感情非常的好，就是新來的同學也可以瞧得出來。

　　「鏗鎝……鏗鎝……」一輛電車循著鐵軌從北而來，駛到學校門口停了一會。一個十五、六歲的美男子從車上跳下來。他的頭上包著一條蘋果綠的絲巾；上身穿著一件雪白的短褂；下身圍著一條紫色的絲裙；腳下踏著一雙芒鞋，儼然是一位緬甸的世家子弟。這男子走進院裡，腳下的芒鞋拖得拍答拍答地響。那聲音傳到屋裡，好像告訴敏明說：「加陵來了！」

敏明早已瞧見他，等他走近窗下，就含笑對他說：「哼哼，加陵！請你的早安。你來得算早，現在才六點一刻咧。」加陵回答說：「你不要譏誚我，我還以為我是第一早的。」他一面說一面把芒鞋脫掉，放在門邊，赤著腳走到敏明跟前坐下。

　　加陵說：「昨晚上父親給我說了好些故事，到十二點才讓我去睡，所以早晨起得晚一點。你約我早來，到底有什麼事？」敏明說：「我要向你辭行。」加陵一聽這話，眼睛立刻瞪起來，顯出很驚訝的模樣，說：「什麼？你要往哪裡去？」敏明紅著眼眶回答說：「我的父親說我年紀大了，書也念夠了，過幾天可以跟著他專心當戲子去，不必再像從前念幾天唱幾天那麼勞碌。我現在就要退學，後天將要跟他上普朗去。」加陵說：「你願意跟他去嗎？」敏明回答說：「我為什麼不願意？我家以演劇為職業是你所知道的。我父親雖是一個很有名、很能賺錢的俳優，但這幾年間他的身體漸漸軟弱起來，手足有點不靈活，所以他願意我和他一塊兒排演。我在這事上很有長處，也樂得順從他的命令。」加陵說：「那麼，我對於你的意思就沒有換回的餘地了。」敏明說：「請你不必為這事納悶。我們的離別必不能長久的。仰光是一所大城，我父親和我必要常在這裡演戲。有時到鄉村去，也不過三、兩個星期就回來。這次到普朗去，也是要在那裡耽擱八、九天。請你放心……」

　　加陵聽得出神，不提防外邊早有五、六個孩子進來，有一個頑皮的孩子跑到他們的跟前說：「請『玫瑰』和『蜜蜂』的早安。」他又笑著對敏明說：「『玫瑰』花裡的甘露流出來咧。」——他瞧見敏明臉上有一點淚痕，所以這樣說。西邊一個孩子接著說：「對呀！怪不得『蜜蜂』捨不得離開她。」加陵起身要追那孩子，被敏明攔住。她說：「別和他們胡鬧。我們還是說我們的罷。」加陵坐下，敏明就接著說：「我想你不久也得轉入高等學校，盼望你在念書的時候要忘了我，在休息的時候要記念我。」加陵說：「我絕不會把你忘了。你若是過十天不回來，或者我會到普朗去找你。」敏明說：「不必如此。我過幾天準能回來。」

　　說的時候，一位三十多歲的教師由南邊的門進來。孩子們都起立向他行禮。教師蹲在席上，回頭向加陵說：「加陵，曇摩蜱和尚叫你早晨和他出去乞食。現在六點半了，你快去罷。」加陵聽了這話，立刻走到門邊，把芒鞋放在屋角的架上，隨手拿了一把油傘就要出門。教師對他說：「九點鐘就得回來。」加陵答應一聲就去了。

　　加陵回來，敏明已經不在她的席上。加陵心裡很是難過，臉上卻不露出什麼不安的顏色。他坐在席上，仍然念他的書。晌午的時候，那位教師說：「加陵，早晨你走得累了，下午給你半天假。」加陵一面謝過教師，一面檢點他的文具，慢慢地走回家去。

加陵回到家裡，他父親婆多瓦底正在屋裡嚼檳榔。一見加陵進來，忙把沫紅唾出，問道：「下午放假麼？」加陵說：「不是，是先生給我的假。因為早晨我跟曇摩蜱和尚出去乞食，先生說我太累，所以給我半天假。」他父親說：「哦，曇摩蜱在道上曾告訴你什麼事情沒有？」加陵答道：「他告訴我說，我的畢業期間快到了，他願意我跟他當和尚去，他又說：這意思已經向父親提過了。父親啊，他實在向你提過這話麼？」婆多瓦底說：「不錯，他曾向我提過。我也很願意你跟他去。不知道你怎樣打算？」加陵說：「我現在有點不願意。再過十五、六年，或者能夠從他。我想再入高等學校念書，盼望在其中可以得著一點西洋的學問。」他父親詫異說：「西洋的學問，啊！我的兒，你想差了。西洋的學問不是好東西，是毒藥喲。你若是有了那種學問，你就要藐視佛法了。你試瞧瞧在這裡的西洋人，多半是幹些殺人的勾當，做些損人利己的買賣，和開些誹謗佛法的學校。什麼聖保羅因斯提丟啦、聖約翰海斯苦爾啦，沒有一間不是誹謗佛法的。我說你要求西洋的學問會發生危險就在這裡。」加陵說：「誹謗與否，在乎自己，並不在乎外人的煽惑。若是父親許我入聖約翰海斯苦爾，我準保能持守得住，不會受他們的誘惑。」婆多瓦底說：「我是很愛你的，你要做的事情，若是沒有什麼妨害，我一定允許你。要記得昨晚上我和你說的話。我一想起當日你叔叔和你的白象主（緬甸王尊號）提婆

底事，就不由得我不恨西洋人。我最沉痛的是他們在蠻得勒將白象主擄去；又在瑞大光塔設駐防營。瑞大光塔是我們的聖地，他們竟然叫些行凶的人在那裡住，豈不是把我們的戒律打破了嗎？……我盼望你不要入他們的學校，還是清清淨淨去當沙門。一則可以為白象主懺悔；二則可以為你的父母積福；三則為你將來往生極樂的預備。出家能得這幾種好處，總比西洋的學問強得多。」加陵說：「出家修行，我也很願意。但無論如何，現在絕不能辦。不如一面入學，一面跟著曇摩埤學些經典。」婆多瓦底知道勸不過來，就說：「你既是決意要入別的學校，我也無可奈何，我很喜歡你跟曇摩蜱學習經典。你畢業後就轉入仰光高等學校罷。那學校對於緬甸的風俗比較保存一點。」加陵說：「那麼，我明天就去告訴曇摩蜱和法輪學校的教師。」婆多瓦底說：「也好。今天的天氣很清爽，下午你又沒有功課，不如在午飯後一塊兒到湖裡逛逛。你就叫他們開飯罷。」婆多瓦底說完，就進臥房換衣服去了。

　　原來加陵住的地方離綠綺湖不遠。綠綺湖是仰光第一大、第一好的公園，緬甸人叫他做干多支。「綠綺」的名字是英國人替它起的。湖邊滿是熱帶植物。那些樹木的顏色、形態，都是很美麗，很奇異。湖西遠遠望見瑞大光，那塔的金色光襯著湖邊的椰樹、蒲葵，真像王后站在水邊，後面有幾個宮女持著羽葆隨著她一樣。此外好的景緻，隨處都是。

不論什麼人，一到那裡，心中的憂鬱立刻消滅。加陵那天和父親到那裡去，能得許多愉快是不消說的。

　　過了三個月，加陵已經入了仰光高等學校。他在學校裡常常思念他最愛的朋友敏明。但敏明自從那天早晨一別，老是沒有消息。有一天，加陵回家，一進門僕人就遞封信給他。拆開看時，卻是敏明的信。加陵才知道敏明早已回來，他等不得見父親的面，翻身出門，直向敏明家裡奔來。

　　敏明的家還是住在高加因路，那地方是加陵所常到的。女僕瑪彌見他推門進來，忙上前迎他說：「加陵君，許久不見啊！我們姑娘前天才回來的。你來得正好，待我進去告訴她。」她說完這話就速速進裡邊去，大聲嚷道：「敏明姑娘，加陵君來找你呢。快下來罷。」加陵在後面慢慢地走，待要踏入廳門，敏明已迎出來。

　　敏明含笑對加陵說：「誰教你來的呢？這三個月不見你的信，大概因為功課忙的緣故罷？」加陵說：「不錯，我已經入了高等學校，每天下午還要到曇摩蜱那裡……唉，好朋友，我就是有工夫，也不能寫信給你。因為我抓起筆來就沒了主意，不曉得要寫什麼才能叫你覺得我的心常常有你在裡頭。我想你這幾個月沒有信給我，也許是和我一樣地犯了這種毛病。」敏明說：「你猜的不錯。你許久不到我屋裡了，現在請你和我上去坐一會。」敏明把手搭在加陵的肩胛上，一面吩咐瑪彌預備檳榔、淡巴菰和些少細點，一面攜著加陵

上樓。

　　敏明的臥室在樓西。加陵進去，瞧見裡面的陳設還是和從前差不多。樓板上鋪的是土耳其絨毯。窗上垂著兩幅很細緻的帷子。她的奩具就放在窗邊。外頭懸著幾盆風蘭。瑞大光的金光遠遠地從那裡射來。靠北是臥榻，離地約一尺高，上面用上等的絲織物蓋住。壁上懸著一幅提婆和率斐雅洛觀劇的畫片。還有好些繡墊散布在地上。加陵拿一個墊子到窗邊，剛要坐下，那女僕已經把各樣吃的東西捧上來。「你嚼檳榔啵。」敏明說完這話，隨手送了一個檳榔到加陵嘴裡，然後靠著她的鏡臺坐下。

　　加陵嚼過檳榔，就對敏明說：「你這次回來，技藝必定很長進，何不把你最得意的藝術演奏起來，我好領教一下。」敏明笑說：「哦，你是要瞧我演戲來的。我死也不演給你瞧。」加陵說：「有什麼妨礙呢？你還怕我笑你不成？快演罷，完了咱們再談心。」敏明說：「這幾天我父親剛剛教我一套雀翎舞，打算在涅槃節期到比古演奏，現在先演給你瞧罷。我先舞一次，等你瞧熟了，再奏樂和我。這舞蹈的譜可以借用『達撒羅撒』，歌調借用『恩斯民』。這兩支譜，你都會嗎？」加陵忙答應說：「都會，都會。」

　　加陵擅於奏巴打拉（一種竹製的樂器，詳見《大清會典圖》），他一聽見敏明叫他奏樂，就立刻叫瑪彌把那種樂器搬來。等到敏明舞過一次，他就跟著奏起來。

敏明兩手拿住兩把孔雀翎，舞得非常的嫻熟。加陵所奏的巴打拉也還跟得上，舞過一會，加陵就奏起「恩斯民」的曲調，只聽敏明唱道：

孔雀！孔雀！你不必讚我生得俊美；

我也不必嫌你長得醜劣。

咱們是同一個身心，同一副手腳。

我和你永遠同在一個身裡住著，我就是你啊，你就是我。

別人把咱們的身體分做兩個，是他們把自己的指頭壓在眼上，所以會生出這樣的錯。

你不要像他們這樣的眼光，要知道我就是你啊，你就是我。

敏明唱完，又舞了一會。加陵說：「我今天才知道你的技藝精到這個地步。你所唱的也是很好。且把這歌曲的故事說給我聽。」敏明說：「這曲倒沒有什麼故事，不過是平常的戀歌，你能把裡頭的意思聽出來就夠了。」加陵說：「那麼，你這支曲是為我唱的。我也很願意對你說：我就是你，你就是我。」

他們二人的感情幾年來就漸漸濃厚。這次見面的時候，又受了那麼好的感觸，所以彼此的心裡都承認他們求婚的機會已經成熟。

敏明願意再幫父親二、三年才嫁，可是她沒有向加陵說

明。加陵起先以為敏明是一個很信佛法的女子，怕她後來要
到尼庵去實行她的獨身主義，所以不敢動求婚的念頭。現在
瞧出她的心志不在那裡，他就決意回去要求婆多瓦底的同
意，把她娶過來。照緬甸的風俗，子女的婚嫁本沒有要求父
母同意的必要，加陵很尊重他父親的意見，所以要履行這種
手續。

　　他們談了半晌工夫，敏明的父親宋志從外面進來，抬頭
瞧見加陵坐在窗邊，就說：「加陵君，別後平安啊！」加陵
忙回答他，轉過身來對敏明說：「你父親回來了。」敏明待下
去，她父親已經登樓。他們三人坐過一會，談了幾句客套，
加陵就起身告辭。敏明說：「你來的時間不短，也該回去了。
你且等一等，我把這些舞具收拾清楚，再陪你在街上走幾
步。」

　　宋志眼瞧著他們出門，正要到自己屋裡歇一歇，恰好瑪
彌上樓來收拾東西。宋志就對她說：「你把那盤檳榔送到我
屋裡去罷。」瑪彌說：「這是他們剩下的，已經殘了。我再給
你拿些新鮮的來。」

　　瑪彌把檳榔送到宋志屋裡，見他躺在席上，好像想什麼
事情似的。宋志一見瑪彌進來，就起身對她說：「我瞧他們
兩人實在好得太厲害。若是敏明跟了他，我必要吃虧。你有
什麼好方法叫他們二人的愛情冷淡沒有？」瑪彌說：「我又
不是蠱師，哪有好方法離間他們？我想主人你也不必想什

麼方法，敏明姑娘必不至於嫁他。因為他們一個是屬蛇，一個是屬鼠的（緬甸的生肖是算日的，禮拜四生的屬鼠，禮拜六生的屬蛇），就算我們肯將姑娘嫁給他，他的父親也不願意。」宋志說：「你說的雖然有理，但現在生肖相剋的話，好些人都不注重了。倒不如請一位蠱師來，請他在二人身上施一點法術更為得計。」

印度支那間有一種人叫做蠱師，專用符咒替人家製造命運。有時叫沒有愛情的男女，忽然發生愛情；有時將如膠似漆的夫妻化為仇敵。操這種職業的人以暹羅的僧侶最多，且最受人信仰。緬甸人操這種職業的也不少。宋志因為瑪彌的話提醒他，第二天早晨他就出門找蠱師去了。

晌午的時候，宋志和蠱師沙龍回來。他讓沙龍進自己的臥房。瑪彌一見沙龍進來，木雞似的站在一邊。她想到昨天在無意之中說出蠱師，引起宋志今天的實行，實在對不起她的姑娘。她想到這裡，就一直上樓去告訴敏明。

敏明正在屋裡念書，聽見這消息，急和瑪彌下來，躡步到屏後，傾耳聽他們的談話。只聽沙龍說：「這事很容易辦。你可以將她常用的貼身東西拿一、兩件來，我在那上頭畫些符，念些咒，然後給回她用，過幾天就見功效。」宋志說：「恰好這裡有她一條常用的領巾，是她昨天回來的時候忘記帶上去的。這東西可用嗎？」沙龍說：「可以的，但是能夠得著……」

　　敏明聽到這裡已忍不住，一直走進去向父親說：「阿爸，你何必擺弄我呢？我不是你的女兒嗎？我和加陵沒有什麼意，請你放心。」宋志驀地裡瞧見他女兒進來，簡直不知道要用什麼話對付她。沙龍也停了半晌才說：「姑娘，我們不是談你的事。請你放心。」敏明斥他說：「狡猾的人，你的計我已知道了。你快去辦你的事罷。」宋志說，「我的兒，你今天瘋了嗎？你且坐下，我慢慢給你說。」

　　敏明哪裡肯依父親的話，她一味和沙龍吵鬧，弄得她父親和沙龍很沒趣。不久，沙龍垂著頭走出來；宋志滿面怒容蹲在床上吸菸；敏明也忿忿地上樓去了。

　　敏明那一晚上沒有下來和父親用飯。她想父親終久會用蠱術離間他們，不由得心裡難過。她躺在床上翻來覆去。繡枕早已被她的眼淚溼透了。

　　第二天早晨，她到鏡臺梳洗，從鏡裡瞧見她滿面都是鮮紅色，——因為繡枕褪色，印在她的臉上——不覺笑起來。她把臉上那些印跡洗掉的時候，瑪彌已捧一束鮮花、一杯咖啡上來。敏明把花放在一邊，一手倚著窗櫺，一手拿住茶杯向窗外出神。

　　她定神瞧著圍繞瑞大光的彩雲，不理會那塔的金光向她的眼瞼射來，她精神因此就十分疲乏。她心裡的感想和目前的光融洽，精神上現出催眠的狀態。她自己覺得在瑞大光塔頂站著，聽見底下的護塔鈴叮叮噹噹地響。她又瞧見上面

那些王侯所獻的寶石，個個都發出很美麗的光明。她心裡喜歡得很，不歇用手去摩弄，無意中把一顆大紅寶石摩掉了。她忙要俯身去撿時，那寶石已經掉在地上，她定神瞧著那空兒，要求那寶石掉下的緣故，不覺有一種更美麗的寶光從那裡射出來。她心裡覺得很奇怪，用手扶著金壁，低下頭來要瞧瞧那空兒裡頭的光景。不提防那壁被她一推，漸漸向後，原來是一扇寶石的門。

那門被敏明推開之後，裡面的光直射到她身上。她站在外邊，望裡一瞧，覺得裡頭的山水、樹木，都是她半生所不曾見過的。她在不知不覺中，已經向前走了幾十步。耳邊恍惚聽見有人對她說：「好啊！你回來啦。」敏明回頭一看，覺得那人很熟悉，只是一時不能記出他的名字。她聽見「回來」這兩字，心裡很是納悶，就向那人說：「我不住在這裡，為何說我回來？你是誰？我好像在哪裡與你會過似的。這是什麼地方？」那人笑說：「哈哈！去了這些日子，連自己家鄉和平日間往來的朋友也忘了。肉體的障礙真是大喲。」敏明聽了這話，簡直莫名其妙。又問他說：「我是誰？有那麼好福氣住在這裡。我真是在這裡住過嗎？」那人回答說：「你是誰？你自己知道。若是說你不曾住過這裡，我就領你到處逛一逛，瞧你認得不認得。」

敏明聽見那人要領她到處去逛逛，就忙忙答應，但所見的東西，敏明一點也記不清楚，總覺得樣樣都是新鮮的。那

人瞧見敏明那麼迷糊,就對她說:「你既然記不清,待我一件一件告訴你。」

　　敏明和那人走過一座碧玉牌樓。兩邊的樹羅列成行,開著很好看的花。紅的、白的、紫的、黃的,各色齊備。樹上有些鳥聲,唱得很好聽。走路時,有些微風慢慢吹來,吹得各色的花瓣紛紛掉下:有些落在人的身上;有些落在地上;有些還在空中飛來飛去。敏明的頭上和肩膀上也被花瓣貼滿,遍體熏得很香。那人說:「這些花木都是你的老朋友,你常和它們往來。它們的花是長年開放的。」敏明說:「這真是好地方,只是我總記不起來。」

　　走不多遠,忽然聽見很好的樂音。敏明說:「誰在那邊奏樂?」那人回答說:「那裡有人奏樂,這裡的聲音都是發於自然的。你所聽的是前面流水的聲音。我們再走幾步就可以瞧見。」進前幾步果然有些泉水穿林而流。水面浮著奇異的花草,還有好些水鳥在那裡游泳。敏明只認得些荷花、鸂鶒,其餘都不認得。那人很不耐煩,把各樣的東西都告訴她。

　　他們二人走過一道橋,迎面立著一片琉璃牆。敏明說:「這牆真好看,是誰在裡面住?」那人說:「這裡頭是喬答摩宣講法要的道場。現時正在演說,好些人物都在那裡聆聽法音。轉過這個牆角就是正門。到的時候,我領你進去聽一聽。」敏明貪戀外面的風景,不願意進去。她說:「咱們逛

會兒再進去罷。」那人說：「你只會聽粗陋的聲音，看簡略的顏色和聞汙劣的香味。那更好的、更微妙的，你就不理會了。……好，我再和你走走，瞧你了悟不了悟。」

二人走到牆的盡頭，還是穿入樹林。他們踏著落花一直進前，樹上的鳥聲，叫得更好聽。敏明抬起頭來，忽然瞧見南邊的樹枝上有一對很美麗的鳥呆立在那裡，絲毫的聲音也不從他們的嘴裡發出。敏明指著向那人說：「只隻鳥兒都出聲吟唱，為什麼那對鳥兒不出聲音呢？那是什麼鳥？」那人說：「那是命命鳥。為什麼不唱，我可不知道。」

敏明聽見「命命鳥」三字，心裡似乎有點覺悟。她注神瞧著那鳥，猛然對那人說：「那可不是我和我的好朋友加陵麼，為何我們都站在那裡？」那人說：「是不是，你自己覺得。」敏明搶前幾步，看來還是一對呆鳥。她說：「還是一對鳥兒在那裡，也許是我的眼花了。」

他們繞了幾個彎，當前現出一節小溪把兩邊的樹林隔開。對岸的花草，似乎比這邊更新奇。樹上的花瓣也是常常掉下來。樹下有許多男女：有些躺著的，有些站著的，有些坐著的。各人在那裡說說笑笑，都現出很親密的樣子。敏明說：「那邊的花瓣落得更妙，人也多一點，我們一同過去逛逛罷。」那人說：「對岸可不能去。那落的叫做情塵，若是望人身上落得多了就不好。」敏明說：「我不怕。你領我過去逛逛罷。」那人見敏明一定要，過去就對她說：「你必要過那

邊去，我可不能陪你了。你可以自己找一道橋過去。」他說
完這話就不見了。敏明回頭瞧見那人不在，自己循著水邊，
打算找一道橋過去。但找來找去總找不著，只得站在這邊瞧
過去。

　　她瞧見那些花瓣越落越多，那班男女幾乎被葬在底下。
有一個男子坐在對岸的水邊，身上也是滿了落花。一個紫衣
的女子走到他跟前說：「我很愛你，你是我的命。我們是命
命鳥。除你以外，我沒有愛過別人。」那男子回答說：「我對
於你的愛情也是如此。我除了你以外不曾愛過別的女人。」
紫衣女子聽了，向他微笑，就離開他。走不多遠，又遇著一
位男子站在樹下，她又向那男子說：「我很愛你，你是我的
命。我們是命命鳥，除你以外，我沒有愛過別人。」那男子
也回答說：「我對於你的愛情也是如此。我除了你以外不曾
愛過別的女人。」

　　敏明瞧見這個光景，心裡因此發生了許多問題，就是：
那紫衣女子為什麼當面撒謊，和那兩位男子的回答為什麼不
約而同？她回頭瞧那坐在水邊的男子還在那裡，又有一個穿
紅衣的女子走到他面前，還是對他說紫衣女子所說的話。那
男子的回答和從前一樣，一個字也不改。敏明再瞧那紫衣女
子，還是挨著次序向各個男子說話。她走遠了，話語的內容
雖然聽不見，但她的形容老沒有改變。各個男子對她也是顯
出同樣的表情。

敏明瞧見各個女子對於各個男子所說的話都是一樣；各個男子的回答也是一字不改，心裡正在疑惑，忽然來了一陣狂風把對岸的花瓣刮得干乾淨淨，那班男女立刻變成很凶殘的容貌，互相嚙食起來。敏明瞧見這個光景，嚇得冷汗直流。她忍不住就大聲喝道：「噯呀！你們的感情真是反覆無常。」

　　敏明手裡那杯咖啡被這一喝，全都瀉在她的裙上。樓下的瑪彌聽見樓上的喝聲，也趕上來。瑪彌瞧見敏明周身冷汗，撲在鏡臺上頭，忙上前把她扶起，問道：「姑娘你怎樣啦？燙著了沒有？」敏明醒來，不便對瑪彌細說，胡亂答應幾句就打發她下去。

　　敏明細想剛才的異象，抬頭再瞧窗外的瑞大光，覺得那塔還是被彩雲繞住，越顯得十分美麗。她立起來，換過一條絳色的裙子，就坐在她撲臥榻上頭。她想起在樹林裡忽然瞧見命命鳥變做她和加陵那回事情，心中好像覺悟他們兩個是這邊的命命鳥，和對岸自稱為命命鳥的不同。她自己笑著說：「好在你不在那邊。幸虧我不能過去。」

　　她自經過這一場恐慌，精神上遂起了莫大的變化。對於婚姻另有一番見解，對於加陵的態度更是不像從前。加陵一點也覺不出來，只猜她是不舒服。

　　自從敏明回來，加陵沒有一天不來找她。近日覺得敏明的精神異常，以為自己沒有向她求婚，所以不高興。加陵覺

得他自己有好些難解決的問題，不能不對敏明說。第一，是
他父親願意他去當和尚；第二，縱使准他娶妻，敏明的生肖
和他不對，頑固的父親未必承認。現在瞧見敏明這樣，不由
得不把衷情吐露出來。

　　加陵一天早晨來到敏明家裡，瞧見她的態度越發冷靜，
就安慰她說：「好朋友，你不必憂心，日子還長呢。我在咱
們的事情上頭已經有了打算。父親若是不肯，咱們最終的辦
法就是『照例逃走』。你這兩天是不是為這事生氣呢？」敏
明說：「這倒不值得生氣。不過這幾晚睡得遲，精神有一點
疲倦罷了。」

　　加陵以為敏明的話是真，就把前日向父親要求的情形說
給她聽。他說：「好朋友，你瞧我的父親多麼固執。他一意
要我去當和尚，我前天向他說些咱們的事，他還要請人來給
我說法，你說好笑不好笑？」敏明說：「什麼法？」加陵說：
「那天晚上，父親把曇摩蜱請來。我以為有別的事要和他商
量，誰知他叫我到跟前教訓一頓。你猜他對我講什麼經呢？
好些話我都忘記了。內中有一段是很有趣、很容易記的。我
且念給你聽：

　　「佛問摩鄧日：『女愛阿難何似？』女言：『我愛阿難眼；
愛阿難鼻；愛阿難口；愛阿難耳；愛阿難聲音；愛阿難行步。』
佛言：『眼中但有淚；鼻中但有洟；口中但有唾；耳中但有垢；
身中但有屎尿，臭氣不淨。』」

「曇摩蜱說得天花亂墜，我只是偷笑。因為身體上的汙穢，人人都有，那能因著這些小事，就把愛情割斷呢？況且這經本來不合對我說；若是對你念，還可以解釋得去。」

敏明聽了加陵末了那句話，忙問道：「我是摩鄧嗎？怎樣說對我念就可以解釋得去？」加陵知道失言，忙回答說：「請你原諒，我說錯了。我的意思不是說你是摩鄧，是說這本經合於對女人說。」加陵本是要向敏明解嘲，不意反觸犯了她。敏明聽了那幾句經，心裡更是明白。他們兩人各有各的心事，總沒有盡情吐露出來。加陵坐不多會，就告辭回家去了。

涅槃節近啦。敏明的父親直催她上比古去，加陵知道敏明明日要動身，在那晚上到她家裡，為的是要給她送行。但一進門，連人影也沒有，轉過角門，只見瑪彌在她屋裡縫衣服。那時候約在八點鐘的光景。

加陵問瑪彌說：「姑娘呢？」瑪彌抬頭見是加陵，就陪笑說：「姑娘說要去找你，你反來找她。她不曾到你家去嗎？她出門已有一點鐘工夫了。」加陵說：「真的麼？」瑪彌回了一聲：「我還騙你不成。」低頭還是做她底活計。加陵說：「那麼，我就回去等她。……你請。」

加陵知道敏明沒有別處可去，她一定不會趁瑞大光的熱鬧。他回到家裡，見敏明沒來，就想著她一定和女伴到綠綺湖上乘涼。因為那夜的月亮亮得很，敏明和月亮很有緣；每

到月圓的時候，她必招幾個朋友到那裡談心。

　　加陵打定主意，就向綠綺湖去。到的時候，覺得湖裡靜寂得很。這幾天是涅槃節期，各廟裡都很熱鬧，綠綺湖的冷月沒人來賞玩，是意中的事。加陵從愛德華第七的造像後面上了山坡，瞧見沒人在那裡，心裡就有幾分詫異。因為敏明每次必在那裡坐，這回不見她，諒是沒有來。

　　他走得很累，就在凳上坐一會。他在月影朦朧中瞧見地下有一件東西，撿起來看時，卻是一條蟬翼紗的領巾。那巾的兩端都繡一個吉祥海雲的徽識，所以他認得是敏明的。

　　加陵知道敏明還在湖邊，把領巾藏在袋裡，就抽身去找她。他踏二彎虹橋，轉到水邊的樂亭，瞧沒有人，又折回來。他在山丘上注神一望，瞧見西南邊隱隱有個人影，忙上前去，見有幾分像敏明。加陵躡步到野薔薇垣後面，意思是要嚇她。他瞧見敏明好像是找什麼東西似的，所以靜靜伏在那裡看她要做什麼。

　　敏明找了半天，隨在樂亭旁邊摘了一枝優鉢曇花，走到湖邊，向著瑞大光合掌禮拜。加陵見了，暗想她為什麼不到瑞大光膜拜去？於是再躡足走近湖邊的薔薇垣，那裡離敏明禮拜的地方很近。

　　加陵恐怕再觸犯她，所以不敢做聲。只聽她的祈禱。

　　女弟子敏明，稽首三世諸佛：我自萬劫以來，迷失本來智性，因此墮入輪迴，成女人身。現在得蒙大慈，示我三生

因果。我今悔悟，誓不再戀天人，致受無量苦楚。願我今夜得除一切障礙，轉生極樂國土。願勇猛無畏阿彌陀，俯聽懇求接引我。南無阿彌陀佛。

　　加陵聽了她這番祈禱，心裡很受感動。他沒有一點悲痛，竟然從薔薇垣裡跳出來，對著敏明說：「好朋友，我聽你剛才的祈禱，知道你厭棄這世間，要離開它。我現在也願意和你同行。」

　　敏明笑道：「你什麼時候來的？你要和我同行，莫不你也厭世嗎？」加陵說：「我不厭世。因為你的原故，我願意和你同行。我和你分不開。你到那裡，我也到那裡。」敏明說：「不厭世，就不必跟我去。你要記得你父親願你做一個轉法輪的能手。你現在不必跟我去以後還有相見的日子。」加陵說：「你說不厭世就不必死，這話有些不對。譬如我要到蠻得勒去，不是嫌惡仰光，不過我未到過那城，所以願意去瞧一瞧。但有些人很厭惡仰光，他巴不得立刻離開才好。現在，你是第二類的人，我是第一類的人，為什麼不讓我和你同行？」敏明不料加陵會來，更不料他一下就決心要跟從她。現在聽他這一番話語，知道他與自己的覺悟雖然不同，但她常感得他們二人是那世界的命命鳥，所以不甚阻止他。到這裡，她才把前幾天的事告訴加陵。加陵聽了，心裡非常的喜歡，說：「有那麼好的地方，為何不早告訴我？我一定離不開你了，我們一塊兒去罷。」

　　那時月光更是明亮。樹林裡螢火無千無萬地閃來閃去，好像那世界的人物來赴他們的喜筵一樣。

　　加陵一手搭在敏明的肩上，一手牽著她。快到水邊的時候，加陵回過臉來向敏明的唇邊啜了一下。他說：「好朋友，你不親我一下麼？」敏明好像不曾聽見，還是直地走。

　　他們走入水裡，好像新婚的男女攜手入洞房那般自在，毫無一點畏縮。在月光水影之中，還聽見加陵說：「咱們是生命的旅客，現在要到那個新世界，實在叫我快樂得很。」

　　現在他們去了！月光還是照著他們所走的路；瑞大光遠遠送一點鼓樂的聲音來；動物園的野獸也都為他們唱很雄壯的歡送歌；唯有那不懂人情的水，不願意替他們守這旅行的祕密，要找機會把他們的軀殼送回來。

商人婦

商 人 婦

「先生，請用早茶。」這是二等艙的侍者催我起床的聲音。我因為昨天上船的時候太過忙碌，身體和精神都十分疲倦，從九點一直睡到早晨七點還沒有起床。我一聽侍者的招呼，就立刻起來，把早晨應辦的事情弄清楚，然後到餐廳去。

那時節餐廳裡滿坐了旅客。個個在那裡喝茶，說閒話：有些預言歐戰誰勝誰負的；有些議論袁世凱該不該做皇帝的；有些猜度新加坡印度兵變亂是不是受了印度革命黨運動的。那種唧唧咕咕的聲音，弄得一個餐廳幾乎變成菜市。我不慣聽這個，一喝完茶就回到自己的艙裡，拿了一本《西青散記》跑到右舷找一個地方坐下，預備和書裡的雙卿談心。

我把書打開，正要看時，一位印度婦人攜著一個七、八歲的孩子來到跟前，和我面對面地坐下。這婦人，我前天在極樂寺放生池邊曾見過一次，我也瞧著她上船，在船上也是常常遇見她在左右舷乘涼。我一瞧見她，就動了我的好奇心，因為她的裝束雖是印度的，然而行動卻不像印度婦人。

我把書擱下，偷眼瞧她，等她回眼過來瞧我的時候，我又裝做念書。我好幾次是這樣辦，恐怕她疑我有別的意思，此後就低著頭，再也不敢把眼光射在她身上。她在那裡信口唱些印度歌給小孩聽，那孩子也指東指西問她說話。我聽她的回答，無意中又把眼睛射在她臉上。她見我抬起頭來，就顧不得和孩子周旋，急急地向閩南土話問我說：「這位老叔，

你也是要到新加坡去麼？」她的口腔很像海澄的鄉人，所問的也帶著鄉人的口氣。在說話之間，一字一字慢慢地拼出來，好像初學說話的一樣。我被她這一問，心裡的疑團結得更大，就回答說：「我要回廈門去。你曾到過我們那裡麼？為什麼能說我們的話？」「呀！我想你瞧我的裝束像印度婦女，所以猜疑我不是唐山（華僑叫祖國做唐山）人。我實在告訴你，我家就在鴻漸。」

那孩子瞧見我們用土話對談，心裡奇怪得很，他搖著婦人的膝頭，用印度話問道：「媽媽，你說的是什麼話？他是誰？」也許那孩子從來不曾聽過她說這樣的話，所以覺得稀奇。我巴不得快點知道她的底蘊，就接著問她：「這孩子是你養的麼？」她先回答了孩子，然後向我嘆一口氣說：「為什麼不是呢！這是我在麻德拉斯養的。」

我們越談越熟，就把從前的畏縮都除掉。自從她知道我的裡居、職業以後，她再也不稱我做「老叔」，更轉口稱我做「先生」。她又把麻德拉斯大概的情形說給我聽。我因為她的境遇很稀奇，就請她詳詳細細地告訴我。她談得高興，也就應許了。那時，我才把書收入口袋裡，注神聽她訴說自己的歷史。

我十六歲就嫁給青礁林蔭喬為妻。我的丈夫在角尾開糖鋪。他回家的時候雖然少，但我們的感情絕不因為這樣就生疏。我和他過了三、四年的日子，從不曾拌過嘴，或鬧過什

麼意見。有一天，他從角尾回來，臉上現出憂悶的容貌。一
進門就握著我的手說：「惜官（閩俗：長輩稱下輩或同輩的
男女彼此相稱，常加『官』字在名字之後），我的生意已經
倒閉，以後我就不到角尾去啦。」我聽了這話，不由得問他：
「為什麼呢？是買賣不好嗎？」他說：「不是，不是，是我
自己弄壞的。這幾天那裡賭局，有些朋友招我同玩，我起先
贏了許多，但是後來都輸得精光，甚至連店裡的生財傢伙，
也輸給人了。……我實在後悔，實在對你不住。」我怔了一
會，也想不出什麼合適的話來安慰他，更不能想出什麼話來
責備他。

　　他見我的淚流下來，忙替我擦掉，接著說：「哎！你從
來不曾在我面前哭過，現在你向我掉淚，簡直像熔融的鐵珠
一滴一滴地滴在我心坎兒上一樣。我的難受，實在比你更
大。你且不必擔憂，我找些資本再做生意就是了。」

　　當下我們二人面面相覷，在那裡靜靜地坐著。我心裡雖
有些規勸的話要對他說，但我每將眼光射在他臉上的時候，
就覺得他有一種妖魔的能力，不容我說，早就理會了我的意
思。我只說：「以後可不要再耍錢，要知道賭錢……」

　　他在家裡閒著，差不多有三個月。我所積的錢財倒還夠
用，所以家計用不著他十分掛慮。我鎮日出外借錢做資本，
可惜沒有人信得過他，以致一文也借不到。他急得無可奈
何，就動了過番（閩人說到南洋為過番）的念頭。

他要到新加坡去的時候，我為他摒擋一切應用的東西，又拿了一對玉手鐲教他到廈門兌來做盤費。他要趁早潮出廈門，所以我們別離的前一夕足足說了一夜的話。第二天早晨，我送他上小船，獨自一人走回來，心裡非常煩悶，就伏在案上，想著到南洋去的男子多半不想家，不知道他會這樣不會。正這樣想，驀然一片急步聲達到門前，我認得是他，忙起身開了門，問：「是漏了什麼東西忘記帶去麼？」他說：「不是，我有一句話忘記告訴你：我到那邊的時候，無論做什麼事，總得給你來信。若是五、六年後我不能回來，你就到那邊找我去。」我說：「好罷。這也值得你回來叮嚀，到時候我必知道應當怎樣辦的。天不早了，你快上船去罷。」他緊握著我的手，長嘆了一聲，翻身就出去了。我注目直送到榕蔭盡處，瞧他下了長堤，才把小門關上。

　　我與林蔭喬別離那一年，正是二十歲。自他離家以後，只來了兩封信，一封說他在新加坡丹讓巴葛開雜貨店，生意很好。一封說他的事情忙，不能回來。我連年望他回來完聚，只是一年一年的盼望都成虛空了。

　　鄰舍的婦人常勸我到南洋找他去。我一想，我們夫婦離別已經十年，過番找他雖是不便，卻強過獨自一人在家裡挨苦。我把所積的錢財檢妥，把房子交給鄉里的榮家長管理，就到廈門搭船。

　　我第一次出洋，自然受不慣風浪的顛簸，好容易到了新

加坡。那時節，我心裡的喜歡，簡直在這輩子裡頭不曾再遇見。我請人帶我到丹讓巴葛義和誠去。那時我心裡的喜歡更不能用言語來形容。我瞧店裡的買賣很熱鬧，我丈夫這十年間的發達，不用我估量，也就羅列在眼前了。

但是店裡的夥計都不認識我，故得對他們說明我是誰和來意。有一位年輕的夥計對我說：「頭家（閩人稱店主為頭家）今天沒有出來，我領你到住家去罷。」我才知道我丈夫不在店裡住，同時我又猜他一定是再娶了，不然，斷沒有所謂住家的。我在路上就向夥計打聽一下，果然不出所料！

人力車轉了幾個彎，到一所半唐半洋的樓房停住。夥計說：「我先進去通知一聲。」他撇我在外頭，許久才出來對我說：「頭家早晨出去，到現在還沒有回來哪。頭家娘請你進去裡頭等他一會兒，也許他快要回來。」他把我兩個包袱——那就是我的行李——拿在手裡，我隨著他進去。

我瞧見屋裡的陳設十分華麗。那所謂頭家娘的，是一個馬來婦人，她出來，只向我略略點了一個頭。她的模樣，據我看來很不恭敬，但是南洋的規矩我不懂得，只得陪她一禮。她頭上戴的金剛鑽和珠子，身上綴的寶石、金、銀，襯著那副黑臉孔，越顯出醜陋不堪。

她對我說了幾句套話，又叫人遞一杯咖啡給我，自己在一邊吸菸、嚼檳榔，不大和我攀談。我想是初會生疏的緣故，所以也不敢多問她的話。不一會，得得的馬蹄聲從大門

直到廊前，我早猜著是我丈夫回來了。我瞧他比十年前胖了許多，肚子也大起來了。他口裡含著一技雪茄，手裡扶著一根象牙杖，下了車，踏進門來，把帽子掛在架上。見我坐在一邊，正要發問，那馬來婦人上前向他唧唧咕咕地說了幾句。她的話我雖不懂得，但瞧她的神氣像有點不對。

　　我丈夫回頭問我說：「惜官，你要來的時候，為什麼不預先通知一聲？是誰叫你來的？」我以為他見我以後，必定要對我說些溫存的話，哪裡想到反把我詰問起來！當時我把不平的情緒壓下，陪笑回答他，說：「唉，蔭哥，你豈不知道我不會寫字麼？咱們鄉下那位寫信的旺師常常給人家寫別字，甚至把意思弄錯了，因為這樣，所以不敢央求他替我寫。我又是決意要來找你的，不論遲早總得動身，又何必多費這番工夫呢？你不曾說過五、六年後若不回去，我就可以來嗎？」我丈夫說：「嚇！你自己倒會出主意。」他說完，就橫橫地走進屋裡。

　　我聽他所說的話，簡直和十年前是兩個人。我也不明白其中的緣故：是嫌我年長色衰呢，我覺得比那馬來婦人還俊得多；是嫌我德行不好呢，我嫁他那麼多年，事事承順他，從不曾做過越出範圍的事。蔭哥給我這個悶葫蘆，到現在我還猜不透。

　　他把我安頓在樓下，七、八天的工夫不到我屋裡，也不和我說話。那馬來婦人倒是很殷勤，走來對我說：「蔭哥這

幾天因為你的事情很不喜歡。你且寬懷，過幾天他就不生氣了。晚上有人請咱們去赴席，你且把衣服穿好，我和你一塊兒去。」

她這種甘美的語言，叫我把從前猜疑她的心思完全打消。我穿的是湖色布衣，和一條大紅縐裙，她一見了，不由得笑起來。我覺得自己滿身村氣，心裡也有一點慚愧。她說：「不要緊，請咱們的不是唐山人，定然不注意你穿的是不是時新的樣式。咱們就出門罷。」

馬車走了許久，穿過一叢椰林，才到那主人的門口。進門是一個很大的花園，我一面張望，一面隨著她到客廳去。那裡果然有很奇怪的筵席擺設著。一班女客都是馬來人和印度人。她們在那裡嘰哩咕嚕地說說笑笑，我丈夫的馬來婦人也撇下我去和她們談話。不一會，她和一位婦人出去，我以為她們逛花園去了，所以不大理會。但過了許久的工夫，她們只是不回來，我心急起來，就向在座的女人說：「和我來的那位婦人往哪裡去？」她們雖能會意，然而所回答的話，我一句也懂不得。

我坐在一個軟墊上，心頭跳動得很厲害。一個僕人拿了一壺水來，向我指著上面的筵席作勢。我瞧見別人洗手，知道這是食前的規矩，也就把手洗了。她們讓我入席，我也不知道那裡是我應當坐的地方，就順著她們指定給我的坐位坐下。她們禱告以後，才用手向盤裡取自己所要的食品。我

頭一次掏東西吃，一定是很不自然，她們又教我用指頭的方法。我在那裡，很懷疑我丈夫的馬來婦人不在座，所以無心在筵席上張羅。

筵席撤掉以後，一班客人都笑著向我親了一下吻就散了。當時我也要跟她們出門，但那主婦叫我等一等。我和那主婦在屋裡指手畫腳做啞談，正笑得不可開交，一位五十來歲的印度男子從外頭進來。那主婦忙起身向他說了幾句話，就和他一同坐下。我在一個生地方遇見生面的男子，自然羞縮到了不得。那男子走到我跟前說：「喂，你已是我的人啦。我用錢買你。你住這裡好。」他說的雖是唐話，但語格和腔調全是不對的。我聽他說把我買過來，不由得慟哭起來。那主婦倒是在身邊殷勤地安慰我。那時已是入亥時分，他們教我進裡邊睡，我只是和衣在廳邊坐了一宿，哪裡肯依他們的命令！

先生，你聽到這裡必定要疑我為什麼不死。唉！我當時也有這樣的思想，但是他們守著我好像囚犯一樣，無論什麼時候都有人在我身旁。久而久之，我的激烈的情緒過了，不但不願死，而且要留著這條命往前瞧瞧我的命運到底是怎樣的。

買我的人是印度麻德拉斯的回教徒阿戶耶。他是一個氊毺商，因為在新加坡發了財，要多娶一個姬妾回鄉享福。偏是我的命運不好，趁著這機會就變成他的外國古董。我在新

加坡住不上一個月，他就把我帶到麻德拉斯去。

阿戶耶給我起名叫利亞。他叫我把腳放了，又在我鼻上穿了一個窟窿，帶上一隻鑽石鼻環。他說照他們的風俗，凡是已嫁的女子都得帶鼻環，因為那是婦人的記號。他又把很好的「克爾塔」（回婦上衣）、「馬拉姆」（胸衣）和「埃撒」（褲）教我穿上。從此以後，我就變成一個回回婆子了。

阿戶耶有五個妻子，連我就是六個。那五人之中，我和第三妻的感情最好。其餘的我很憎惡她們，因為她們欺負我不會說話，又常常戲弄我。我的小腳在她們當中自然是稀罕的，她們雖是不歇地摩挲，我也不怪。最可恨的是她們在阿戶耶面前拔弄是非，叫我受委屈。

阿噶利馬是阿戶耶第三妻的名字，就是我被賣時張羅筵席的那個主婦。她很愛我，常勸我用「撒馬」來塗眼眶，用指甲花來塗指甲和手心。回教的婦人每日用這兩種東西和我們唐人用脂粉一樣。她又教我念孟加里文和亞剌伯文。我想起自己因為不能寫信的緣故，致使蔭哥有所藉口，現在才到這樣的地步，所以願意在這舉目無親的時候用功學習些少文字。她雖然沒有什麼學問，但當我的教師是綽綽有餘的。

我從阿噶利馬念了一年，居然會寫字了！她告訴我他們教裡有一本天書，本不輕易給女人看的，但她以後必要拿那本書來教我。她常對我說：「你的命運會那麼蹇澀，都是阿

拉給你注定的。你不必想家太甚，日後或者有大快樂臨到你身上，叫你享受不盡。」這種定命的安慰，在那時節很可以教我的精神活潑一點。

我和阿戶耶雖無夫妻的情，卻免不了有夫妻的事。哎！我這孩子（她說時把手撫著那孩子的頂上）就是到麻德拉斯的第二年養的。我活了三十多歲才懷孕，那種痛苦為我一生所未經過。幸虧阿噶利馬能夠體貼我，她常用話安慰我，教我把目前的苦痛忘掉。有一次她瞧我過於難受，就對我說：「呀！利亞，你且忍耐著罷。咱們沒有無花果樹的福分（《可蘭經》載阿丹浩挖被天魔阿扎賊來引誘，吃了阿拉所禁的果子，當時他們二人的天衣都化沒了。他們覺得赤身的羞恥，就向樂園裡的樹借葉子圍身。各種樹木因為他們犯了阿拉的戒命，都不敢借，唯有無花果樹瞧他們二人怪可憐的，就慷慨借些葉子給他們。阿拉嘉許無花果樹的行為，就賜它不必經過開花和受蜂蝶攪擾的苦而能結果），所以不能免掉懷孕的苦。你若是感得痛苦的時候，可以默默向阿拉求恩，他可憐你，就賜給你平安。」我在臨產的前後期，得著她許多的幫助，到現在還是忘不了她的情意。

自我產後，不上四個月，就有一件失意的事教我心裡不舒服：那就是和我的好朋友離別。她雖不是死掉，然而她所去的地方，我至終不能知道。阿噶利馬為什麼離開我呢？說來話長，多半是我害她的。

　　我們隔壁有一位十八歲的小寡婦名叫哈那，她四歲就守寡了。她母親苦待她倒罷了，還要說她前生的罪孽深重，非得叫她辛苦，來生就不能超脫。她所吃所穿的都跟不上別人，常常在後園裡偷哭。她家的園子和我們的園子只隔一度竹籬，我一聽見她哭，或是聽見她在那裡，就上前和她談話，有時安慰她，有時給東西她吃，有時送她些少金錢。

　　阿噶利馬起先瞧見我賙濟那寡婦，很不以為然。我屢次對她說明，在唐山不論什麼人都可以受人家的賙濟，從不分什麼教門。她受我的感化，後來對於那寡婦也就發出哀憐的同情。

　　有一天，阿噶利馬拿些銀子正從籬間遞給哈那，可巧被阿戶耶瞥見。他不聲不張，躡步到阿噶利馬後頭，給她一掌，順口罵說：「小母畜，賤生的母豬，你在這裡幹什麼？」他回到屋裡，氣得滿身哆嗦，指著阿噶利馬說：「誰教你把錢給那婆羅門婦人？豈不把你自己玷汙了嗎？你不但玷汙了自己，更是玷汙我和清真聖典。『馬賽拉』（是阿拉禁止的意思）！快把你的『布卡』（面幕）放下來罷。」

　　我在裡頭聽得清楚，以為罵過就沒事。誰知不一會的工夫，阿噶利馬珠淚承睫地走進來，對我說：「利亞，我們要分離了！」我聽這話嚇了一跳，忙問道：「你說的是什麼意思，我聽不明白。」她說：「你不聽見他叫我把『布卡』放下來罷？那就是休我的意思。此刻我就要回娘家去。你不必悲

哀，過兩天他氣平了，總得叫我回來。」那時我一陣心酸，不曉得要用什麼話來安慰她，我們抱頭哭了一場就分散了。唉！「殺人放火金腰帶；修橋整路長大癩」，這兩句話實在是人間生活的常例呀！

自從阿噶利馬去後，我的淒涼的曆書又從「賀春王正月」翻起。那四個女人是與我素無交情的。阿戶耶呢，他那副黝黑的臉，猯毛似的鬍子，我一見了就憎厭，巴不得他快離開我。我每天的生活就是乳育孩子，此外沒有別的事情。我因為阿噶利馬的事，嚇得連花園也不敢去逛。

過幾個月，我的苦生涯快挨盡了！因為阿戶耶藉著病回他的樂園去了。我從前聽見阿噶利馬說過：婦人於丈夫死後一百三十日後就得自由，可以隨便改嫁。我本欲等到那規定的日子才出去，無奈她們四個人因為我有孩子，在財產上恐怕給我占便宜，所以多方窘迫我。她們的手段，我也不忍說了。

哈那勸我先逃到她姊姊那裡。她教我送一點錢財給她的姊夫，就可以得到他們的容留。她姊姊我曾見過，性情也很不錯。我一想，逃走也是好的，她們四個人的心腸鬼蜮到極，若是中了她們的暗算，可就不好。哈那的姊夫在亞可特住。我和她約定了，教她找機會通知我。

一星期後，哈那對我說她的母親到別處去，要夜深才可以回來，教我由籬笆踰越過去。這事本不容易，因事後須得

商人婦

使哈那不致於吃虧。而且籬上界著一行釩線，實在教我難辦。我抬頭瞧見籬下那棵波羅蜜樹有一椏橫過她那邊，那樹又是斜著長上去的。我就告訴她，叫她等待人靜的時候在樹下接應。

原來我的住房有一個小門通到園裡。那一晚上，天際只有一點星光，我把自己細軟的東西藏在一個口袋裡，又多穿了兩件衣裳，正要出門，瞧見我的孩子睡在那裡。我本不願意帶他同行，只怕他醒時瞧不見我要哭起來，所以暫住一下，把他抱在懷裡，讓他吸乳。他吸的時節，才實在感得我是他的母親，他父親雖與我沒有精神上的關係，他卻是我養的。況且我去後，他不免要受別人的折磨。我想到這裡，不由得雙淚直流。因為多帶一個孩子，會教我的事情越發難辦。我想來想去，還是把他駝起來，低聲對他說：「你是好孩子，就不要哭，還得乖乖地睡。」幸虧他那時好像理會我的意思，不大作聲。我留一封信在床上，說明願意拋棄我應得的產業和逃走的理由，然後從小門出去。

我一手往後托住孩子，一手拿著口袋，躡步到波羅蜜樹下。我用一條繩子拴住口袋，慢慢地爬上樹，到分椏的地方少停一會。那時孩子哼了一兩聲，我用手輕輕地拍著，又搖他幾下，再把口袋扯上來，拋過去給哈那接住。我再爬過去，摸著哈那為我預備的繩子，我就緊握著，讓身體慢慢墜下來。我的手耐不得摩擦，早已被繩子銼傷了。

040

我下來之後，謝過哈那，忙忙出門，離哈那的門口不遠就是愛德耶河，哈那和我出去雇船，她把話交代清楚就回去了。那舵工是一個老頭子，也許聽不明白哈那所說的話。他劃到塞德必特車站，又替我去買票。我初次搭車，所以不大明白行車的規矩，他叫我上車，我就上去。車開以後，查票人看我的票才知道我搭錯了。

車到一個小站，我趕緊下來，意思是要等別輛車搭回去。那時已經夜半，站裡的人說上麻德拉斯的車要到早晨才開。不得已就在候車處坐下。我把「馬支拉」（回婦外衣）披好，用手支住袋假寐，約有三四點鐘的工夫。偶一抬頭，瞧見很遠一點燈光由柵欄之間射來，我趕快到月臺去，指著那燈問站裡的人。他們當中有一個人笑說：「這婦人連方向也分不清楚了。她認啟明星做車頭的探燈哪。」我瞧真了，也不覺得笑起來，說：「可不是！我的眼真是花了。」

我對著啟明星，又想起阿噶利馬的話。她曾告訴我那星是一個擅於迷惑男子的女人變的。我因此想起蔭哥和我的感情本來很好，若不是受了番婆底迷惑，絕不忍把他最愛的結髮妻賣掉。我又想著自己被賣的不是不能全然歸在蔭哥身上。若是我情願在唐山過苦日子，無心到新加坡去依賴他，也不會發生這事。我想來想去，反笑自己逃得太過唐突。我自問既然逃得出來，又何必去依賴哈那的姊姊呢？想到這裡，仍把孩子抱回候車處，定神解決這問題。我帶出來的東

西和現銀共值三千多盧比，若是在村莊裡住，很可以夠一輩子的開銷，所以我就把獨立生活的主意拿定了。

天上的諸星陸續收了它們的光，唯有啟明仍在東方閃爍著。當我瞧著它的時候，好像有一種聲音從它的光傳出來，說：「惜官，此後你別再以我為迷惑男子的女人。要知道凡光明的事物都不能迷惑人。在諸星之中，我最先出來，告訴你們黑暗快到了；我最後回去，為的是領你們緊接受著太陽的光亮；我是夜界最光明的星。你可以當我做你心裡的殷勤的警醒者。」我朝著它，心花怒開，也形容不出我心裡的感謝。此後我一見著它，就有一番特別的感觸。

我向人打聽客棧所在的地方，都說要到貞葛布德才有。於是我又搭車到那城去。我在客棧住不多的日子，就搬到自己的房子住去。

那房子是我把鑽石鼻環兌出去所得的金錢買來的。地方不大，只有二間房和一個小園，四面種些露兜樹當做圍牆。印度式的房子雖然不好，但我愛它靠近村莊，也就顧不得它的外觀和內容了。我雇了一個老婆子幫助料理家務，除養育孩子以外，還可以念些印度書籍。我在寂寞中和這孩子玩弄，才覺得孩子的可愛，比一切的更甚。

每到晚間，就有一種很莊重的歌聲送到我耳裡。我到園裡一望，原來是從對門一個小家庭發出來。起先我也不知道他們唱來幹什麼，後來我才曉得他們是基督徒。那女主人以

利沙伯不久也和我認識，我也常去赴他們的晚禱會。我在貞葛布德最先認識的朋友就算他們那一家。

以利沙伯是一個很可親的女人，她勸我入學校念書，且應許給我照顧孩子。我想偷閒度日也是沒有什麼出息，所以在第二年她就介紹我到麻德拉斯一個婦女學校念書。每月回家一次瞧瞧我的孩子，她為我照顧得很好，不必我擔憂。

我在校裡沒有分心的事，所以成績甚佳。這六、七年的工夫，不但學問長進，連從前所有的見地都改變了。我畢業後直到如今就在貞葛布德附近一個村裡當教習。這就是我一生經歷的大概。若要詳細說來，雖卅一年的工夫也說不盡。

現在我要到新加坡找我丈夫去，因為我要知道賣我的到底是誰。我很相信蔭哥必不忍做這事，縱然是他出的主意，終有一天會悔悟過來。

惜官和我談了足有兩點多鐘，她說得很慢，加之孩子時時攪擾她，所以沒有把她在學校的生活對我詳細地說。我因為她說得工夫太長，恐怕精神過於受累，也就不往下再問，我只對她說：「你在那漂流的時節，能夠自己找出這條活路，實在可敬。明天到新加坡的時候，若是要我幫助你去找蔭哥，我很樂意為你去幹。」她說：「我哪裡有什麼聰明，這條路不過是冥冥中指導者替我開的。我在學校裡所念的書，最感動我的是《天路歷程》和《魯賓遜漂流記》，這兩部書給我許多安慰和模範。我現時簡直是一個女魯賓遜哪。你要幫

我去找蔭哥，我實在感激。因為新加坡我不大熟悉，明天總得求你和我……」說到這裡，那孩子催著她進艙裡去拿玩具給他。她就起來，一面續下去說：「明天總得求你幫忙。」我起立對她行了一個敬禮，就坐下把剛才的會話錄在懷中日記裡頭。

過了二十四點鐘，東南方微微露出幾個山峰。滿船的人都十分忙碌，惜官也顧著檢點她的東西，沒有出來。船入港的時候，她才攜著孩子出來與我坐在一條長凳上頭。她對我說：「先生，想不到我會再和這個地方相見。岸上的椰樹還是舞著它們的葉子；海面的白鷗還是飛來飛去向客人表示歡迎；我的愉快也和九年前初會它們那時一樣。如箭的時光，轉眼就過了那麼多年，但我至終瞧不出從前所見的和現在所見的當中有什麼分別。……呀！『光陰如箭』的話，不是指著箭飛得快說，乃是指著箭的本體說。光陰無論飛得多麼快，在裡頭的事物還是沒有什麼改變，好像附在箭上的東西，箭雖是飛行著，它們卻是一點不更改。……我今天所見的和從前所見的雖是一樣，但願蔭哥的心腸不要像自然界的現象變更得那麼慢；但願他回心轉意地接納我。」我說：「我向你表同情。聽說這船要泊在丹讓巴葛的碼頭，我想到時你先在船上候著，我上去打聽一下再回來和你同去，這辦法好不好呢？」她說：「那麼，就教你多多受累了。」

我上岸問了好幾家都說不認得林蔭喬這個人，那義和誠

的招牌更是找不著。我非常著急，走了大半天覺得有一點累，就上一家廣東茶居歇足，可巧在那裡給我查出一點端倪。我問那茶居的掌櫃。據他說：林蔭喬因為把妻子賣給一個印度人，惹起本埠多數唐人的反對。那時有人說是他出主意賣的，有人說是番婆賣的，究竟不知道是誰做的事。但他的生意因此受莫大的影響，他瞧著在新加坡站不住，就把店門關起來，全家搬到別處去了。

我回來將所查出的情形告訴惜官，且勸她回唐山去。她說：「我是永遠不能去的，因為我帶著這個棕色孩子，一到家，人必要恥笑我，況且我對於唐文一點也不會，回去豈不要餓死嗎？我想在新加坡住幾天，細細地訪查他的下落。若是訪不著時，仍舊回印度去。……唉，現在我已成為印度人了！」

我瞧她的情形，實在想不出什麼話可以勸她回鄉，只嘆一聲說：「呀！你的命運實在苦！」她聽了反笑著對我說：「先生啊，人間一切的事情本來沒有什麼苦樂的分別：你造作時是苦，希望時是樂；臨事時是苦，回想時是樂。我換一句話說：眼前所遇的都是困苦；過去、未來的回想和希望都是快樂。昨天我對你訴說自己境遇的時候，你聽了覺得很苦，因為我把從前的情形陳說出來，羅列在你眼前，教你感得那是現在的事；若是我自己想起來，久別、被賣、逃亡等等事情都有快樂在內。所以你不必為我嘆息，要把眼前的事情看開

才好。……我只求你一樣，你到唐山時，若是有便，就請到我村裡通知我母親一聲。我母親算來已有七十多歲，她住在鴻漸，我的唐山親人只剩著她咧。她的門外有一棵很高的橄欖樹。你打聽良姆，人家就會告訴你。」

　　船離碼頭的時候，她還站在岸上揮著手中送我。那種誠摯的表情，教我永遠不能忘掉。我到家不上一月就上鴻漸去。那橄欖樹下的破屋滿被古藤封住，從門縫兒一望，隱約瞧見幾座朽腐的木主擱在桌上，那裡還有一位良姆！

黄昏後

　　承歡、承懼兩姊妹在山上採了一簍羊齒類的乾草，是要用來編造果筐和花籃的。她們從那條崎嶇的山徑一步一步地走下來，剛到山腰，已是喘得很厲害，二人就把簍子放下，歇息一會。

　　承歡的年紀大一點，所以她的精神不如妹妹那麼活潑，只坐在一根橫露在地面的榕樹根上頭；一手拿著手巾不歇地望臉上和脖項上揩拭。她的妹妹坐不一會，已經跑入樹林裡，低著頭，慢慢找她心識中的寶貝去了。

　　喝醉了的太陽在臨睡時，雖不能發出它固有的本領，然而還有餘威把它的妙光長箭射到承歡這裡。滿山的岩石、樹林、泉水，受著這妙光的賞賜，越覺得秋意闌珊了。汐漲的聲音，一陣一陣地從海岸送來，遠地的歸鳥和落葉混著在樹林裡亂舞。承歡當著這個光景，她的眉、目、唇、舌也不覺跟著那些動的東西，在她那被日光燻黑了的面龐飛舞著。她高興起來，心中的意思已經禁止不住，就順口念著：「碧海無風濤自語；丹林映日葉思飛！……」還沒有念完，她的妹妹就來到跟前，衣裾裡兜著一堆的葉子，說：「姊姊，你自己坐在這裡，和誰說話來？你也不去幫我撿撿葉子，那邊還有許多好看的哪。」她說著，順手把所得的枯葉一片一片地拿出來，說：「這個是蚶殼……這是海星……這是沒有鰭的翻車魚……這捲得更好看，是爸爸吸的淡芭菰……這是……」她還要將那些受她想像變化過的葉子，一一給姊姊

說明；可是這樣的講解，除她自己以外，是沒人願意用工夫去領教的。承歡不耐煩地說：「你且把它們擱在簍裡罷，到家才聽你的，現在我不願意聽咧。」承懽斜著眼瞧了姊姊一下，一面把葉子裝在簍裡，說：「姊姊不曉得又想什麼了。在這裡坐著，願意自己喃喃地說話，就不願意聽我所說的！」承歡說：「我何嘗說什麼，不過念著爸爸那首〈秋山晚步〉罷了。」她站起來，說：「時候不早了，咱們走罷。你可以先下山去，讓我自己提這簍子。」承懽說：「我不，我要陪著你走。」

二人順著山徑下來，從秋的夕陽渲染出來等等的美麗已經布滿前路：霞色、水光、潮音、谷響、草香等等更不消說；即如承歡那副不白的臉龐也要因著這個就增了幾分本來的姿色。承歡雖是走著，腳步卻不肯放開，生怕把這樣晚景錯過了似的。她無意中說了聲：「呀！妹妹，秋景雖然好，可惜大近殘年咧。」承懽的年紀只十歲，自然不能懂得這位十五歲的姊姊所說的是什麼意思。她就接著說：「挨近殘年，有什麼可惜不可惜的？越近殘年越好，因為殘年一過，爸爸就要給我好些東西玩，我也要穿新做的衣服——我還盼望它快點過去哪。」

她們的家就在山下，門前朝著南海。從那裡，有時可以望見遠地裡一、兩艘法國巡艦在廣州灣駛來駛去。姊妹們也說不清她們所住的到底是中國地，或是法國領土，不過時常

理會那些法國水兵愛來村裡胡鬧罷了。剛進門，承懽便叫一聲：「爸爸，我們回來了！」平常她們一回來，父親必要出來接她們，這一次不見他出來，承歡以為她父親的注意是貫注在書本或雕刻上頭，所以教妹妹不要聲張，只好靜靜地走進來。承歡把簍子放下，就和妹妹到父親屋裡。

她們的父親關懷所住的是南邊那間屋子，靠壁三、五架書籍。又陳設了許多大理石造像——有些是買來的，有些是自己創作的。從這技術室進去就是臥房。二人進去，見父親不在那裡。承歡向壁上一望，就對妹妹說：「爸爸又拿著基達爾出去了。你到媽媽墳上，瞧他在那裡不在。我且到廚房弄飯，等著你們。」

她們母親的墳墓就在屋後自己的荔枝園中。承懽穿過幾棵荔枝樹，就聽見一陣基達爾的樂音，和著她父親的歌喉。她知道父親在那裡，不敢驚動他的彈唱，就躡著腳步上前。那裡有一座大理石的墳頭，形式雖和平常一樣，然而西洋的風度卻是很濃的。瞧那建造和雕刻的工夫，就知道平常的工匠絕做不出來，一定是關懷親手所造的。那墓碑上不記年月，只刻著「佳人關山恆媚」，下面一行小字是「夫關懷手泐」。承懽到時，關懷只管彈唱著，像不理會他女兒站在身旁似的。直等到西方的回光消滅了，他才立起來，一手挾著樂器，一手牽著女兒，從園裡慢慢地走出來。

一到門口，承懽就嚷著：「爸爸回來了！」她姊姊走出

來，把父親手裡的樂器接住，且說：「飯快好啦，你們先到廳裡等一會，我就端出來。」關懷牽著承懂到廳裡，把頭上的義辮脫下，掛在一個衣架上頭，回頭他就坐在一張睡椅上和承懂談話。他的外貌像一位五十歲左右的日本人，因為他的頭髮很短，兩撇鬍子也是含著外洋的神氣。停一會，承歡端飯出來，關懷說：「今晚上咱們都回得晚。方才你妹妹說你在山上念什麼詩；我也是在書架上偶然撿出十幾年前你媽媽寫給我的〈自君之出矣〉，我曾把這十二首詩入了樂譜，你媽媽在世時很喜歡聽這個，到現在已經十一、二年不彈這調了。今天偶然被我翻出來，所以拿著樂器走到她墳上再唱給她聽，唱得高興，不覺反覆了幾遍，連時間也忘記了。」承歡說：「往時爸爸到墓上奏樂，從沒有今天這麼久，這詩我不曾聽過……」承懂插嘴說：「我也不曾聽過。」承歡接著說：「也許我在當時年紀太小不懂得。今晚上的飯後談話，爸爸就唱一唱這詩，且給我們說說其中的意思罷。」關懷說：「自你四歲以後，我就不彈這調了，你自然是不曾聽過的。」他撫著承懂的頭，笑說：「你方才不是聽過了嗎？」承懂搖頭說：「那不算，那不算。」他說：「你媽媽這十二首詩沒有什麼可說的，不如給你們說咱們在這裡住著的緣故罷。」

　　吃完飯，關懷仍然倚在睡椅下頭，手裡拿著一枝雪茄，且吸且說。這老人家在燈光之下說得眉飛目舞，教姊妹們的眼光都貫注在他臉上，好像藏在葉下的貓兒凝神守著那翻飛

的蚨蝶一般。

關懷說：「我常願意給你們說這事，恐怕你們不懂得，所以每要說時，便停止了。咱們住在這裡，不但鄰舍覺得奇怪，連阿歡，你的心裡也是很詫異的。現在你的年紀大了，也懂得一點世故了，我就把一切的事告訴你們罷。」

「我從法國回到香港，不久就和你媽媽結婚。那時剛要和東洋打仗，鄧大人聘了兩個法國人做顧問，請我到兵船裡做通譯。我想著，我到外洋是學雕刻的，通譯，哪裡是我做得來的事，當時就推辭他。無奈鄧大人一定要我去，我礙於情面也就允許了。你媽媽雖是不願意，因為我已允許人家，所以不加攔阻。她把腦後的頭髮截下來，為我做成那條假辮。」他說到這裡，就用雪前指著衣架，接著說：「那辮子好像叫賣的幌子，要當差事非得帶著它不可。那東西被我用了那麼些年，已修理過好幾次，也許現在所有的頭髮沒有一根是你媽媽的哪。」

「到上海的時候，那兩個法國人見勢不佳，沒有就他的聘。他還勸我不用回家，日後要用我做別的事，所以我就暫住在上海。我在那裡，時常聽見不好的消息，直到鄧大人在威海衛陣亡時，我才回來。那十二首詩就是我入門時，你媽媽送給我的。」

承歡說：「詩裡說的都是什麼意思？」關懷說：「互相贈與的詩，無論如何，第三個人是不能理會，連自己也不能解

釋給人聽的。那詩還擱在書架上，你要看時，明天可以拿去念一念。我且給你說此後我和你媽媽的事。」

「自那次打敗仗，我自己覺得很羞恥，就立意要隔絕一切的親友，跑到一個孤島裡居住，為的是要避掉種種不體面的消息，教我的耳朵少一點刺激。你媽媽只勸我回硇洲去，但我很不願意回那裡去，以後我們就定意要搬到這裡來。這裡離硇洲雖是不遠，鄉里的人卻沒有和我往來，我想他們必是不知道我住在這裡。

「我們買了這所房子，連後邊的荔枝園。二人就在這裡過很歡樂的日子。在這裡住不久，你就出世了。我們給你起個名字叫承歡……」承懽緊接著問：「我呢？」關懷說：「還沒有說到你咧，你且聽著，待一會才給你說。」

他接著說：「我很不願意雇人在家裡做工，或是請別人種地給我收利。但耨田插秧的事都不是我和你媽媽做得來的，所以我們只好買些果樹園來做生產的源頭，西邊那叢椰子林也是在你一週歲時買來做紀念的。那時你媽媽每日的功課就是乳育你，我在技術室做些經常的生活以外，有工夫還出去巡視園裡的果樹。好幾年的工夫，我們都是這樣地過，實在快樂啊！

「唉，好事是無常的！我們在這裡住不上五年，這一片地方又被法國占據了！當時我又想搬到別處去，為的是要迴避這種羞耽，誰知這事不能由我做主，好像我的命運就是這

樣，要永遠住在這蒙羞的土地似的。」關懷說到這裡，聲音漸漸低微，那憂憤的情緒直把眼瞼扳下一半，同時他的視線從女兒的臉上移開，也被地心引力吸住了。

承懂不明白父親的心思，盡說：「這地方很好，為什麼又要搬呢？」承歡說：「啊，我記得爸爸給我說過，媽媽是在那一年去世的。」關懷說：「可不是！從前搬來這裡的時候，你媽媽正懷著你，因為風波的顛簸，所以臨產時很不順利，這次可巧又有了阿懂，我不願意像從前那麼唐突，要等她產後才搬。可是她自從得了租借條約簽押的消息以後，已經病得支持不住了。」那聲音的顫動，早已把承歡的眼淚震盪出來。然而這老人家卻沒有顯出什麼激烈的情緒，只皺一皺他的眉頭而已。

他往下說：「她產後不上十二個時辰就……」承懂急急地問：「是養我不是？」他說：「是。因為你出世不久，你媽媽便撇掉你，所以給你起個名字做阿懂，懂就是憂而無告的意思。」

這時，三個人緘默了一會。門前的海潮音，後園的蟋蟀聲，都順著微風從窗戶間送進來。桌上那盞油燈本來被燈花堵得火焰如豆一般大，這次因著微風，更是閃爍不定，幾乎要熄滅了。關懷說：「阿歡，你去把窗戶關上，再將油燈整理一下。……小妹妹也該睡了，回頭就同她到臥房去罷。」

不論什麼人都喜歡打聽父母怎樣生育他，好像念歷史的

人愛讀開天闢地的神話一樣。承懽聽到這個去處，精神正在活潑，哪裡肯去安息。她從小凳子上站起來，順勢跑到父親面前，且坐在他的膝上，盡力地搖頭說：「爸爸還沒有說完哪。我不困，快往下說罷。」承歡一面關窗，一面說：「我也願意再聽下去，爸爸就接著說罷。今晚上遲一點睡也無妨。」她把燈心弄好，仍回原位坐下，注神瞧著她的父親。

油燈經過一番收拾，越顯得十分明亮，關懷的眼睛忽然移到屋角一座石像上頭。他指著對女兒說：「那就是你媽媽去世前兩三點鐘的樣子。」承懽說：「姊姊也曾給我說過那是媽媽，但我準知道爸爸屋裡那個才是。我不信媽媽的臉難看到這個樣子。」他撫著承懽的顱頂說：「那也是好看的。你不懂得，所以說她不好看。」他越說越遠，幾乎把剛才所說的忘掉，幸虧承歡再用話語提醒他，他老人家才接續地說下去。

他說：「我的搬家計劃，被你媽媽這一死就打消了。她的身體已藏在這可羞的土地，而且你和阿懽年紀又小，服事你們兩個小姊妹還忙不過來，何況搬東挪西地往外去呢？因此，我就定意要終身住在這裡，不想再搬了。」

「我是不願意雇人在家裡為我工作的。就是乳母，我也不願意雇一個來乳育阿懽。我不信男子就不會養育嬰孩，所以每日要親自嘗試些乳育的工夫。」承懽問：「爸爸，當時你有奶子給我喝嗎？」關懷說：「我只用牛乳餵你。然而男子

有時也可以生出乳汁的。……阿歡，我從前不曾對你說過孟景休的事麼？」承歡說：「是，他是一個孝子，因為母親死掉，留下一個幼弟，他要自己做乳育工夫，果然有乳漿從他的乳房溢出來。」關懷笑說：「我當時若不是一個書呆子，就是這事一定要孝子才辦得到，貞夫是不許做的。我每每抱著阿懂，讓她啜我的乳頭，看看能夠溢出乳漿不能，但試來試去，都不成功。養育的工夫雖然是苦，我卻以為這是父母二人應當共同去做的事情，不該讓為母的獨自擔任這番勞苦。」

承歡說：「可是這事要女人去做才合宜。」

「是的。自從你媽媽沒了以後，別樣事體倒不甚棘手，對於你所穿的衣服總覺得骯髒和破裂得非常的快。我自己也不會做針黹，整天要為你求別人縫補。這幾乎又要把我所不求人的理想推翻了！當時有些鄰人勸我為你們續娶一個……」

承歡說：「我們有一位後娘倒好。」

那老人家瞪著眼，口裡盡力地吸著雪茄，少停，他的聲音就和青煙一齊冒出來。他鄭重地說：「什麼？一個人能像禽獸一樣，只有生前的恩愛，沒有死後的情愫嗎？」

從他口裡吐出來的青煙早已觸得承懂康康地咳嗽起來。她斷續地說：「爸爸的口直像王家那個破灶，悶得人家的眼睛和喉嚨都不爽快。」關懷拍著她的背說：「你真會用比

方！⋯⋯這是從外洋帶回來的習慣，不吸它也罷，你就拿去擱在煙盃裡罷。」承懽拿著那枝雪茄，忽像想起什麼事似的，她定到屋裡把所撿的樹葉拿出來，對父親說：「爸爸吸這一枝罷，這比方才那枝好得多。」她父親笑著把葉子接過去，仍教承懽坐在膝上，眼睛望著承歡說：「阿歡，你以再婚為是麼？」他的女兒自然不能回答，也不敢回答這重要的問題。她只嘿嘿地望著父親兩只靈活的眼睛，好像要聽那兩點微光的回答一樣。那回答的聲音果如從父親的眼光中發出來——他凝神瞧著承歡說：「我想你也不以為然。一個女人再醮，若是人家要輕看她，一個男子續娶，難道就不應當受輕視嗎？所以當時几有勸我續弦的，都被我拒絕了。我想你們沒有母親雖是可哀，然而有一個後娘更是不幸的。」

門前的海潮音，後園的蟋蟀聲，加上檐牙的鐵馬和樹上的夜啼鳥，這幾種聲音直像強盜一樣，要從門縫窗隙間闖進來搗亂他們的夜談。那兩個女孩子雖不理會，關懷的心卻被它們搶掠去了。他的眼睛注視著窗外那似樹如山的黑影。耳中聽著那鐘錚錚鎗鎗、嘶嘶嗦嗦、汩汩穩穩的雜響，口裡說：「我一聽見鐵馬的音響，就回想到你媽媽做新娘時，在洞房裡走著，那腳釧鈴鎗的聲音。那聲音雖有大小的分別，風味卻差不多。」

他把射到窗外的目光移到承歡身上，說：「你媽媽姓山，所以我在日間或夜間偶然瞧見尖錐形的東西就想著山，就想

著她。在我心目中的感覺，她實在沒死，不過是怕遇見更大的羞恥，所以躲藏著，但在人靜的時候，她仍是和我在一處的。她來的時候，也去瞧你們，也和你們談話，只是你們都像不大認識她一樣，有時還不瞅睬她。」承懂說：「媽媽一定是在我們睡熟時候來的，若是我醒時，斷沒有不瞅睬她的道理。」那老人家撫著這幼女的背說：「是的。你媽媽常誇獎你，說你聰明，喜歡和她談話，不像你姊姊越大就越發和她生疏起來。」承歡知道這話是父親造出來教妹妹喜歡的，所以她笑著說：「我心裡何嘗不時刻惦念著媽媽呢？但她一來到，我怎麼就不知道，這真是怪事！」

關懷對著承歡說：「你和你媽媽離別時年紀還小，也許記不清她的模樣，可是你須知道，不論要認識什麼物體都不能以外貌為準的，何況人面是最容易變化的呢？你要認識一個人，就得在他的聲音、容貌之外找尋，這形體不過是生命中極短促的一段罷了。樹木在春天發出花葉，夏天結了果子，一到秋冬，花、葉、果子多半失掉了，但是你能說沒有花、葉的就不是樹木麼？池中的蝌蚪，漸漸長大成長一隻蛤蟆，你能說蝌蚪不是小蛤蟆麼？無情的東西變得慢，有情的東西變得快。故此，我常以你媽媽的墳墓為她的變化身，我覺得她的身體已經比我長得大，比我長得堅強，她的聲音，她的容貌，是遍一切處的。我到她的墳上，不是盼望她那臥在土中的肉身從墓碑上挺起來，我瞧她的身體就是那個墳

墓，我對著那墓碑就和在這屋對你們說話一樣。」

承懽說：「哦，原來媽媽不是死，是變化了。爸爸，你那麼愛媽媽，但她在這變化的時節，也知道你是疼愛她的麼？」

「她一定知道的。」

承懽說：「我每到爸爸屋裡，對著媽媽的遺像叫喚、撫摩，有時還敲打她幾下。爸爸，若是那像真是媽媽，她肯讓我這樣撫摩和敲打麼？她也能疼愛我，像你疼我一樣麼？」

關懷回答說：「一定很喜歡。你媽媽連我這麼高大，她還十分疼愛，何況你是一個聰明伶俐的小孩子！媽媽的疼愛比爸爸大得多。你睡覺的時候，爸爸只能給你墊枕、蓋被；若是媽媽，一定要將她那隻滑膩而溫暖的手臂給你枕著，還要摟著你，教你不驚不慌地安睡在她懷裡。你吃飯的時候，爸爸只能給你預備小碗、小盤；若是媽媽，一定要把她那軟和而常搖動的膝頭給你做凳子，還要親手遞好吃的東西到你口裡。你所穿的衣服，爸爸只能為你買些時式的和貴重的；若是媽媽，一定要常常給你換新樣式，她要親自剪裁，親自刺繡，要用最好看的顏色—就是你最喜歡的顏色—給你做上。媽媽的疼愛實在比爸爸的大得多！」

承懽坐在父親膝上，一聽完這段話，她的身體的跳蕩好像騎在馬上一樣。她一面搖著身子，一面拍著自己兩隻小腿，說：「真的嗎？她為何不對我這樣做呢？爸爸，快叫媽

媽從墳裡出來罷。何必為著這蒙羞的土地就藏起來，不教她親愛的女兒和她相會呢？從前我以為媽媽的脾氣老是那個樣子：兩隻眼睛瞧著人，許久也不轉一下；和她說話也不答應；要送東西給她，她兩隻手又不知道往哪裡去，也不會伸出來接一接，所以我想她一定是不懂人情的。現在我就知道她不是無知的。爸爸，你為我到墳裡把媽媽請出來罷，不然，你就把前頭那扇石門挪開，讓我進去找她。爸爸曾說她在晚間常來，待一會，她會來麼？」

關懷把她親了一下，說：「好孩子，你方才不是說你曾叫過她？摸過她，有時還敲打她麼？她現在已經變成那個樣子了，縱使你到墳墓裡去找她也是找不著的。她常在我屋裡，常在那裡（他指著屋角那石像），常在你心裡，常在你姊姊心裡，常在我心裡。你和她說話或送東西給她時，她雖像不理你，其實她疼愛你，已經領受你的敬意。你若常常到她面前，用你的孝心、你的誠意供獻給她，日子久了，她心喜歡讓你見著她的容貌。她要用嫵媚的眼睛瞧著你，要開口對你發言，她那堅硬而白的皮膚要化為柔軟嬌嫩，好像你的身體一樣。待一會，她一定來，可是不讓你瞧見她，因為她先要瞧瞧你對於她的愛心怎樣，然後叫你瞧見她。」

承歡也隨著對妹妹證明說：「是，我像你那麼大的時候，也很願意見媽媽一面。後來我照著爸爸的話去做，果然媽媽從石像座兒走下來，摟著我和我談話，好像現在爸爸摟著你

和你談話一樣。」

　　承懂把右手的食指含在口裡，一雙伶俐的小眼射在地上，不歇地轉動，好像了悟什麼事體，還有所發明似的。她抬頭對父親說：「哦，爸爸，我明白了。以後我一定要特別地尊敬媽媽那座造像，盼望她也能下來和我談話。爸爸，比如我用盡我的孝敬心來服侍她，她準能知道麼？」

　　「她一定知道的。」

　　「那麼，方才所撿那些葉子，若是我好好地把它們藏起來，一心供養著，將來它們一定也會變成活的海星、瓦楞子或翻車魚了。」關懷聽了，莫名其妙，承歡就說：「方才妹妹撿了一大堆的乾葉子，內中有些像魚的，有些像螺貝的，她問的是那些東西。」關懷說：「哦，也許會，也許會。」承懂要立刻跳下來，把那些葉子搬來給父親瞧，但她的父親說：「你先別拿出來，明天我才教給你保存它們的方法。」

　　關懷生怕他的愛女晚間說話過度，在睡眠時作夢，就勸承懂說：「你該去睡覺啦。我和你到屋裡去罷。明早起來，我再給你說些好聽的故事。」承懂說：「不，我不。爸爸還沒有說完呢，我要聽完了才睡。」關懷說：「媽媽的事長著呢，若是要說，一年也說不完，明天晚上再接下去說罷。」那小女孩於是從父親膝上跳下來，拉著父親的手，說：「我先要到爸爸屋裡瞧瞧那個媽媽。」關懷就和她進去。

　　他把女兒安頓好，等她睡熟，才回到自己屋裡。他把外

衣脫下，手裡拿著那個鑾鸝囊，和腰間的玉珮，把玩得不忍撒手，料想那些東西一定和他的亡妻關山恆媚很有關係。他們的恩愛公案必定要在臨睡前復訊一次。他走到石像前，不歇用手去摩弄那堅實而無知的物體，且說：「多謝你為我留下這兩個女孩，教我的晚景不至過於慘淡。不曉得我這殘年要到什麼時候才可以過去，速速地和你同住在一處。唉！你的女兒是不忍離開我的，要她們成人，總得在我們再會之後。我現在正浸在父親的情愛中，實在難以解決要怎樣經過這衰弱的殘年，你能為我和從你身體分化出來的女兒們打算麼？」

他靜靜地站在那裡，好像很注意聽著那石像的回答。可是那用手造的東西怎樣發出她的意思，我們的耳根太鈍，實在不能聽出什麼話來。

他站了許久，回頭瞧見承歡還在北邊的廳裡編織花籃，兩隻手不停地動來動去，口裡還低唱著她的工夫歌。他從窗門對女兒說：「我兒，時候不早了，明天再編罷。今晚上妹妹話說得過多，恐怕不能好好地睡，你得留神一點。」承歡答應一聲，就把那個未做成的籃子擱起來，把那盞小油燈拿著到自己屋裡去了。

燈光被承歡帶去以後，滿屋都被黑暗充塞著。秋螢一隻、兩隻地飛入關懷的臥房，有時歇在石像上頭。那光的閃爍，可使關山恆媚的臉對著她的愛者發出一度一度的流盼和

微笑。但是從外邊來的，還有汩穩的海潮音，嘶嗦的蟋蟀
聲，錚鐺的鐵馬響，那可以說是關山恆媚為這位老鰥夫唱的
催眠歌曲。

綴網勞蛛

綴網勞蛛

「我像蜘蛛，命運就是我的網。」

我把網結好，還住在中央。

呀，我的網甚時節受了損傷！

這一壞，教我怎地生長？

生的巨靈說：「補綴補綴罷。」

世間沒有一個不破的網。

我再結網時，要結在玳瑁梁棟

珠璣簾攏；

或結在斷井頹垣

荒煙蔓草中呢？

生的巨靈按手在我頭上說：

「自己選擇去罷，你所在的地方無不興隆、亨通。」

雖然，我再結的網還是像從前那麼脆弱，敵不過外力
衝撞；

我網的形式還要像從前那麼整齊──

平行的絲連成八角、十二角的形狀嗎？

他把「生的萬花筒」交給我，說：

「望裡看罷，你愛怎樣，就結成怎樣。」

呀，萬花筒裡等等的形狀和顏色

仍與從前沒有什麼差別！

求你再把第二個給我，我好謹慎地選擇。

「咄咄！貪得而無智的小蟲！

自而今回溯到濛鴻，從沒有人說過裡面有個形式與前相同。

　　去罷，生的結構都由這幾十顆『彩琉璃屑』幻成種種，不必再看第二個生的萬花筒。」

　　那晚上的月色特別明朗，只是不時來些微風把滿園的花影移動得不歇地作響。素光從椰葉下來，正射在尚潔和她的客人史夫人身上。她們二人的容貌，在這時候自然不能認得十分清楚，但是二人對談的聲音卻像幽谷的迴響，沒有一點模糊。

　　周圍的東西都沉默著，像要讓她們密談一般，樹上的鳥兒把喙插在翅膀底下；草裡的蟲兒也不敢做聲；就是尚潔身邊那隻玉貍，也當主人所發的聲音為催眠歌，只管齁齁地沉睡著。她用纖手撫著玉貍，目光注在她的客人身上，懶懶地說：「奪魁嫂子，外間的閒話是聽不得的。這事我全不計較——我雖不信定命的說法，然而事情怎樣來，我就怎樣對付，毋庸在事前預先謀定什麼方法。」

　　她的客人聽了這場冷靜的話，心裡很是著急，說：「你對於自己的前程太不注意了！若是一個人沒有長久的顧慮，就免不了遇著危險，外人的話雖不足信，可是你得把你的態度顯示得明了一點，教人不疑惑你才是。」

　　尚潔索性把玉貍抱在懷裡，低著頭，只管摩弄。一會

兒，她才冷笑了一聲，說：「嚇嚇，奪魁嫂子，你的話差了，危險不是顧慮所能閃避的。後一小時的事情，我們也不敢說準知道，哪哪能顧到三四個月、三兩年那麼長久呢？你能保我待一會不遇著危險，能保我今夜裡睡得平安麼？縱使我準知道今晚上會遇著危險，現在的謀慮也未必來得及。我們都在雲霧裡走，離身二、三尺以外，誰還能知道前途的光景呢？經裡說：『不要為明日自誇，因為一日要生何事，你尚且不能知道。』這句話，你忘了麼？……唉，我們都是從渺茫中來，在渺茫中住，望渺茫中去。若是怕在這條雲封霧鎖的生命路程裡走動，莫如止住你的腳步；若是你有漫遊的興趣，縱然前途和四圍的光景曖昧，不能使你賞心快意，你也是要走的。橫豎是往前走，顧慮什麼？」

「我們從前的事，也許你和一般僑寓此地的人都不十分知道。我不願意破壞自己的名譽，也不忍教他出醜。你既是要我把態度顯示出來，我就得略把前事說一點給你聽，可是要求你暫時守這個祕密。」

「論理，我也不是他的……」

史夫人沒等她說完，早把身子挺起來，作很驚訝的樣子，回頭用焦急的聲音說：「什麼？這又奇怪了！」

「這倒不是怪事，且聽我說下去。你聽這一點，就知道我的全意思了。我本是人家的童養媳，一向就不曾和人行過婚禮——那就是說，夫婦的名分，在我身上用不著。當時，

我並不是愛他，不過要仗著他的幫助，救我脫出殘暴的婆家。走到這個地方，依著時勢的境遇，使我不能不認他為夫……」

「原來你們的家有這樣特別的歷史。……那麼，你對於長孫先生可以說沒有精神的關係，不過是不自然的結合罷了。」

尚潔莊重地回答說：「你的意思是說我們沒有愛情麼？誠然，我從不曾在別人身上用過一點男女的愛情，別人給我的，我也不曾辨別過那是真的，這是假的。夫婦，不過是名義上的事，愛與不愛，只能稍微影響一點精神的生活，和家庭的組織是毫無關係的。」

「他怎樣想法子要奉承我，凡認識我的人都覺得出來。然而我卻沒有領他的情，因為他從沒有把自己的行為檢點一下。他的嗜好多，脾氣壞，是你所知道的。我一到會堂去，每聽到人家說我是長孫可望的妻子，就非常的慚愧。我常想著從不自愛的人所給的愛情都是假的。」

「我雖然不愛他，然而家裡的事，我認為應當替他做的，我也樂意去做。因為家庭是公的，愛情是私的。我們兩人的關係，實在就是這樣。外人說我和譚先生的事，全是不對的。我的家庭已經成為這樣，我又怎能把它破壞呢？」

史夫人說：「我現在才看出你們的真相，我也回去告訴史先生，教他不要多信閒話。我知道你是好人，是一個純良

的女子，神必保佑你。」說著，用手輕輕地拍一拍尚潔的肩膀，就站立起來告辭。

　　尚潔陪她在花蔭底下走著，一面說：「我很願意你把這事的原委單說給史先生知道。至於外間傳說我和譚先生有祕密的關係，說我是淫婦，我都不介意。連他也好幾天不回來啦。我估量他是為這事生氣，可是我並不辯白。世上沒有一個人能夠把真心拿出來給人家看；縱然能夠拿出來，人家也看不明白，那麼，我又何必多費唇舌呢？人對於一件事情一存了成見，就不容易把真相觀察出來。凡是人都有成見，同一件事，必會生出歧異的評判，這也是難怪的。我不管人家怎樣批評我，也不管他怎樣疑惑我，我只求自己無愧，對得住天上的星辰和地下的螻蟻便了。你放心罷，等到事情臨到我身上，我自有方法對付。我的意思就是這樣，若是有工夫，改天再談罷。」

　　她送客人出門，就把玉貍抱到自己房裡。那時已經不早，月光從窗戶進來，歇在椅桌、枕席之上，把房裡的東西染得和鉛製的一般。她伸手向床邊按了一按鈴子，須臾，女傭妥娘就上來。她問：「佩荷姑娘睡了麼？」妥娘在門邊回答說：「早就睡了。消夜已預備好了，端上來不？」她說著，順手把電燈擰著，一時滿屋裡都著上顏色了。

　　在燈光之下，才看見尚潔斜倚在床上。流動的眼睛，軟潤的頷頰，玉蔥似的鼻，柳葉似的眉，桃綻似的唇，襯著蓬

亂的頭髮……凡形體上各樣的美都湊合在她頭上。她的身體，修短也很合度。從她口裡發出來的聲音，都合音節，就是不懂音樂的人，一聽了她的話語，也能得著許多默感。她見妥娘把燈擰亮了，就說：「把它擰滅了吧。光太強了，更不舒服。方才我也忘了留史夫人在這裡消夜。我不覺得十分飢餓，不必端上來，你們可以自己方便去。把東西收拾清楚，隨著給我點一支洋燭上來。」

妥娘遵從她的命令，立刻把燈滅了，接著說：「相公今晚上也許又不回來，可以把大門扣上嗎？」

「是，我想他永遠不回來了。你們吃完，就把門關好，各自歇息去罷，夜很深了。」

尚潔獨坐在那間充滿月亮的房裡，桌上一枝洋燭已燃過三分之二，輕風頻拂火焰，眼看那枝發光的小東西要淚盡了。她於是起來，把燭火移到屋角一個窗戶前頭的小几上。那裡有一個軟墊，几上擱幾本經典和祈禱文。她每夜睡前的功課就是跪在那墊上默記三、兩節經句，或是誦幾句禱詞。別的事情，也許她會忘記，唯獨這聖事是她所不敢忽略的。她跪在那裡冥想了許多，睜眼一看，火光已不知道在什麼時候從燭臺上逃走了。

她立起來，把臥具整理妥當，就躺下睡覺，可是她怎能睡著呢？呀，月亮也循著賓客底禮，不敢相擾，慢慢地辭了她，走到園裡和它的花草朋友、木石知交周旋去了！

　　月亮雖然辭去，她還不轉眼地望著窗外的天空，像要訴她心中的祕密一般。她正在床上輾來轉去，忽聽園裡「嚁嚁」一聲，響得很厲害，她起來，走到窗邊，往外一望，但見一重一重的樹影和夜霧把園裡蓋得非常嚴密，教她看不見什麼。於是她躡步下樓，喚醒妥娘，命她到園裡去察看那怪聲的出處。妥娘自己一個人哪裡敢出去，她走到門房把團哥叫醒，央他一同到圍牆邊察一察。團哥也就起來了。

　　妥娘去不多會，便進來回話。她笑著說：「你猜是什麼呢？原來是一個塞運的竊賊摔倒在我們的牆根。他的腿已摔壞了，腦袋也撞傷了，流得滿地都是血，動也動不得了。團哥拿著一枝荊條正在抽他哪。」

　　尚潔聽了，一霎時前所有的恐怖情緒一時盡變為慈祥的心意。她等不得回答妥娘，便跑到牆根。團哥還在那裡，「你這該死的東西……不知厲害的壞種！……」一句一鞭，打罵得很高興。尚潔一到，就止住他，還命他和妥娘把受傷的賊扛到屋裡來。她吩咐讓他躺在貴妃榻上。僕人們都顯出不願意的樣子，因為他們想著一個賊人不應該受這麼好的待遇。

　　尚潔看出他們的意思，便說：「一個人走到做賊的地步是最可憐憫的。若是你們不得著好機會，也許……」她說到這裡，覺得有點失言，教她的傭人聽了不舒服，就改過一句說話：「若是你們明白他的境遇，也許會體貼他。我見了一

個受傷的人，無論如何，總得救護的。你們常常聽見『救苦救難』的話，遇著憂患的時候，有時也會脫口地說出來，為何不從『他是苦難人』那方面體貼他呢？你們不要怕他的血沾髒了那墊子，儘管扶他躺下獸。」團哥只得扶他躺下，口裡沉吟地說：「我們還得為他請醫生去嗎？」

「且慢，你把燈移近一點，待我來看一看。救傷的事，我還在行。妥娘，你上樓去把我們那個常備藥箱，捧下來。」又對團哥說：「你去倒一盆清水來罷。」

僕人都遵命各自幹事去了。那賊雖閉著眼，方才尚潔所說的話，卻能聽得分明。他心裡的感激可使他自忘是個罪人，反覺他是世界裡一個最能得人愛惜的青年。這樣的待遇，也許就是他生平第一次得著的。他呻吟了一下，用低沉的聲音說：「慈悲的太太，菩薩保佑慈悲的人太！」

那人的太陽邊受了一傷很重，腿部倒不十分厲害。她用藥棉蘸水輕輕地把傷處周圍的血跡滌淨，再用繃帶裹好。等到事情做得清楚，天早已亮了。

她正轉身要上樓去換衣服，驀聽得外面敲門的聲很急，就止步問說：「誰這麼早就來敲門呢？」

「是警察罷。」

妥娘提起這四個字，叫她很著急。她說：「誰去告訴警察呢？」那賊躺在貴妃榻上，一聽見警察要來，恨不能立刻起來跪在地上求恩。但這樣的行動已從他那雙勞倦的眼睛表

白出來了。尚潔跑到他跟前，安慰他說：「我沒有叫人去報
警察……」正說到這裡，那從門外來的腳步已經踏進來。

　　來的並不是警察，卻是這家的主人長孫可望。他見尚潔
穿著一件睡衣站在那裡和一個躺著的男子說話，心裡的無明
業火已從身上八萬四千個毛孔裡發射出來。他第一句就問：
「那人是誰？」

　　這個問實在叫尚潔不容易回答，因為她從不曾問過那受
傷者的名字，也不便說他是賊。

　　「他……他是受傷的人……」

　　可望不等說完，便拉住她的手，說：「你辦的事，我早
已知道。我這幾天不回來，正要偵察你的動靜，今天可給我
撞見了。我何嘗辜負你呢？……一同上去罷，我們可以慢慢
地談。」不由分說，拉著她就往上跑。

　　妥娘在旁邊，看得情急，就大聲嚷著：「他是賊！」

　　「我是賊，我是賊！」那可憐的人也嚷了兩聲。可望只
對著他冷笑，說：「我明知道你是賊。不必報名，你且歇一
歇罷。」

　　一到臥房裡，可望就說：「我且問你，我有什麼對你不
起的地方？你要入學堂，我便立刻送你去；要到禮拜堂聽道，
我便特地為你預備車馬。現在你有學問了，也入教了，我且
問你，學堂教你這樣做，教堂教你這樣做麼？」

　　他的話意是要詰問她為什麼變心，因為他許久就聽見人

說尚潔嫌他鄙陋不文，要離棄他去嫁給一個姓譚的。夜間的事，他一概不知，他進門一看尚潔的神色，老以為她所做的是一段愛情把戲。在尚潔方面，以為他是不喜歡她這樣待遇竊賊。她的慈悲性情是上天所賦的，她也覺得這樣辦，於自己的信仰和所受的教育沒有衝突，就回答說：「是的，學堂教我這樣做，教會也教我這樣做。你敢是……」

「是嗎？」可望喝了一聲，猛將懷中小刀取出來向尚潔的肩膀上一擊。這不幸的婦人立時倒在地上，那玉白的面龐已像漬在胭脂膏裡一樣。

她不說什麼，但用一種沉靜的和無抵抗的態度，就足以感動那愚頑的凶手。可望見此情景，心中恐怖的情緒已把凶猛的怒氣克服了。他不再有什麼動作，只站在一邊出神。他看尚潔動也不動一下，估量她是死了。那時，他覺得自己的罪惡壓住他，不許再逗留在那裡，便溜煙似地往外跑。

妥娘見他跑了，知道樓上必有事故，就趕緊上來，她看尚潔那樣子，不由得「啊，天公！」喊了一聲，一面上去，要把她攙扶起來。尚潔這時，眼睛略略睜開，像要對她說什麼，只是說不出。她指著肩膀示意，妥娘才看見一把小刀插在她肩上。妥娘的手便即酥軟，周身發抖，待要扶她，也沒有氣力了。她含淚對著主婦說：「容我去請醫生罷。」

「史……史……」妥娘知道她是要請史夫人來，便回答說：「好，我也去請史夫人來。」她教團哥看門，自己雇一輛

車找救星去了。

　　醫生把尚潔扶到床上，慢慢施行手術，趕到史夫人來時，所有的事情都弄清楚啦。醫生對史夫人說：「長孫夫人的傷不甚要緊，保養一、兩個星期便可復元。幸而那刀從肩胛骨外面脫出來，沒有傷到肺葉——那兩個創口是不要緊的。」

　　醫生辭去以後，史夫人便坐在床沿用法子安慰她。這時，尚潔的精神稍微恢復，就對她的知交說：「我不能多說話，只求你把底下那個受傷的人先送到公醫院去，其餘的，待我好了再給你說。……唉，我的嫂子，我現在不能離開你，你這幾天得和我同在一塊兒住。」

　　史夫人一進門就不明白底下為什麼躺著一個受傷的男子。妥娘去時，也沒有對她詳細地說。她看見尚潔這個樣子，又不便往下問。但尚潔的穎悟性從不會被刀所傷，她早明白史夫人猜不透這個悶葫蘆，就說：「我現在沒有氣力給你細說，你可以向妥娘打聽去。就要速速去辦，若是他回來，便要害了他的性命。」

　　史夫人照她所吩咐的去做，回來，就陪著她在房裡，沒有回家。那四歲的女孩佩荷更不知道這是怎麼一回事，還是啼啼笑笑，過她的平安日子。

　　一個星期，兩個星期，在她病中默默地過去。她也漸次復元了。她想許久沒有到園裡去，就央求史夫人扶著她慢慢

走出來。她們穿過那晚上談話的柳蔭，來到園邊一個小亭下，就歇在那裡。她們坐的地方滿開了玫瑰，那清靜溫香的景色委實可以消滅一切憂悶和病害。

「我已忘了我們這裡有這麼些好花，待一會，可以折幾枝帶回屋裡。」

「你且歇歇，我為你選擇幾枝罷。」史夫人說時，便起來折花。尚潔見她腳下有一朵很大的花，就指著說：「你看，你腳下有一朵很大、很好看的，為什麼不把它摘下？」

史夫人低頭一看，用手把花提起來，便嘆了一口氣。

「怎麼啦？」

史夫人說：「這花不好。」因為那花只剩地上那一半，還有一邊是被蟲傷了。她怕說出傷字，要傷尚潔的心，所以這樣回答。但尚潔看的明明是一朵好花，直叫遞過來給她看。

「奪魁嫂，你說它不好麼？我在此中找出道理咧！這花雖然被蟲傷了一半，還開得這麼好看，可見人的命運也是如此——若不把他的生命完全奪去，雖然不完全，也可以得著生活上一部分的美滿，你以為如何呢？」

史夫人知道她聯想到自己的事情上頭，只回答說：「那是當然的，命運的偃蹇和亨通，於我們的生活沒有多大關係。」

談話之間，妥娘領著史奪魁先生進來。他向尚潔和他的妻子問過好，便坐在她們對面一張凳上。史夫人不管她丈夫

要說什麼，頭一句就問：「事情怎樣解決呢？」

　　史先生說：「我正是為這事情來給長孫夫人一個信。昨天在會堂裡有一個很激烈的紛爭，因為有些人說可望的舉動是長孫夫人迫他做成的，應當剝奪她赴聖筵的權利。我和我奉真牧師在席間極力申辯，終歸無效。」他望著尚潔說：「聖筵赴與不赴也不要緊。因為我們的信仰絕不能為儀式所束縛，我們的行為，只求對得起良心就算了。」

　　「因為我沒有把那可憐的人交給警察，便責罰我麼？」

　　史先生搖頭說：「不，不，現在的問題不在那事上頭。前天可望寄一封長信到會裡，說到你怎樣對他不住，怎樣想棄絕他去嫁給別人。他對於你和某人、某人往來的地點、時間都說出來。且說，他不願意再見你的面，若不與你離婚，他永不回家。信他所說的人很多，我們怎樣申辯也挽不過來。我們雖然知道事實不是如此，可是不能找出什麼憑據來證明，我現在正要告訴你，若是要到法庭去的話，我可以幫你的忙。這裡不像我們祖國，公庭上沒有女人說話的地位。況且他的買賣起先都是你拿資本出來，要離異時，照法律，最少總得把財產分一半給你。……像這樣的男子，不要他也罷了。」

　　尚潔說：「那事實現在不必分辯，我早已對嫂子說明了。會裡因為信條的緣故，說我的行為不合道理，便禁止我赴聖筵——這是他們所信的，我有什麼可說的呢！」她說到末一

句，聲音便低下了。她的顏色很像為同會的人誤解她和誤解道理惋惜。

「唉，同一樣道理，為何信仰的人會不一樣？」

她聽了史先生這話，便興奮起來，說：「這何必問？你不常聽見人說：『水是一樣，牛喝了便成乳汁，蛇喝了便成毒液』嗎？我管保我所得能化為乳汁，哪能干涉人家所得的變成毒液呢？若是到法庭去的話，倒也不必。我本沒有正式和他行過婚禮，自毋須乎在法庭上公布離婚。若說他不願意再見我的面，我盡可以搬出去。財產是生活的贅瘤，不要也罷，和他爭什麼？……他賜給我的恩惠已是不少，留著給他……」

「可是你一把財產全部讓給他，你立刻就不能生活。還有佩荷呢？」

尚潔沉吟半晌便說：「不妨，我私下也曾積聚些少，只不能支持到一年罷了。但不論如何，我總得自己掙扎。至於佩荷……」她又沉思了一會，才續下去說：「好罷，看他的意思怎樣，若是他願意把那孩子留住，我也不和他爭。我自己一個人離開這裡就是。」

他們夫婦二人深知道尚潔的性情，知道她很有主意，用不著別人指導。並且她在無論什麼事情上頭都用一種宗教的精神去安排。她的態度常顯出十分冷靜和沉毅，做出來的事，有時超乎常人意料之外。

史先生深信她能夠解決自己將來的生活，一聽了她的話，便不再說什麼，只略略把眉頭皺了一下而已。史夫人在這兩、三個星期間，也很為她費了些籌劃。他們有一所別業在土華地方，早就想教尚潔到那裡去養病，到現在她才開口說：「尚潔妹子，我知道你一定有更好的主意，不過你的身體還不甚復元，不能立刻出去做什麼事情，何不到我們的別莊裡靜養一下，過幾個月再行打算？」史先生接著對他妻子說：「這也好。只怕路途遠一點，由海船去，最快也得兩天才可以到。但我們都是慣於出門的人，海濤的顛簸當然不能制服我們，若是要去的話，你可以陪著去，省得寂寞了長孫夫人。」

尚潔也想找一個靜養的地方，不意他們夫婦那麼仗義，所以不待躊躇便應許了。她不願意為自己的緣故教別人麻煩，因此不讓史夫人跟著前去。她說：「寂寞的生活是我嘗慣的。史嫂子在家裡也有許多當辦的事情，哪裡能夠和我同行？還是我自己去好一點。我很感謝你們二位的高誼，要怎樣表示我的謝忱，我卻不懂得；就是懂，也不能表示得萬分之一。我只說一聲『感激莫名』便了。史先生，煩你再去問他要怎樣處置佩荷，等這事弄清楚，我便要動身。」她說著，就從方才摘下的玫瑰中間選出一朵好看的遞給史先生，教他插在胸前的鈕門上。不久，史先生也就起立告辭，替她辦交涉去了。

綴網勞蛛

080

土華在馬來半島的西岸，地方雖然不大，風景倒還幽致。那海裡出的珠寶不少，所以住在那裡的多半是搜寶之客。尚潔住的地方就在海邊一叢棕林裡。在她的門外，不時看見採珠的船往來於金的塔尖和銀的浪頭之間。這採珠的工夫賜給她許多教訓。因為她這幾個月來常想著人生就同入海採珠一樣，整天冒險入海裡去，要得著多少，得著什麼，採珠者一點把握也沒有。但是這個感想絕不會妨害她的生命。她見那些人每天迷濛濛地搜求，不久就理會她在世間的歷程也和採珠的工作一樣。要得著多少，得著什麼，雖然不在她的權能之下，可是她每天總得入海一遭，因為她的本分就是如此。

　　她對於前途不但沒有一點灰心，且要更加奮勉。可望雖是剝奪她們母女的關係，不許佩荷跟著她，然而她仍不忍棄掉她的責任，每月要託人暗地裡把吃的用的送到故家去給她女兒。

　　她現在已變主婦的地位為一個珠商的記室了。住在那裡的人，都說她是人家的棄婦，就看輕她，所以她所交遊的都是珠船裡的工人。那班沒有思想的男子在休息的時候，便因著她的姿色爭來找她開心。但她的威儀常是調伏這班人的邪念，教他們轉過心來承認她是他們的師保。

　　她一連三年，除幹她的正事以外，就是教她那班朋友說幾句英吉利語，念些少經文，知道些少常識。在她的團體

裡，使令、供養、無不如意。若說過快活日子，能像她這樣
也就不劣了。

雖然如此，她還是有缺陷的。社會地位，沒有她的份；
家庭生活，也沒有她的份；我們想想，她心裡到底有什麼感
覺？前一項，於她是不甚重要的；後一項，可就繚亂她的衷
腸了！史夫人雖常寄信給她，然而她不見信則已，一見了
信，那種說不出來的傷感就加增千百倍。

她一想起她的家庭，每要在樹林裡徘徊，樹上的蛁蟟常
要幻成她女兒的聲音對她說：「母思兒耶？母思兒耶？」這
本不是奇蹟，因為發聲者無情，聽音者有意；她不但對於那
些小蟲的聲音是這樣，即如一切的聲音和顏色，偶一觸著她
的感官，便幻成她的家庭了。

她坐在林下，遙望著無涯的波浪，一度一度地掀到岸
邊，常覺得她的女兒踏著浪花踴躍而來，這也不止一次了。
那天，她又坐在那裡，手拿著一張佩荷的小照，那是史夫人
最近給她寄來的。她翻來翻去地看，看得眼昏了。她猛一抬
頭，又得著常時所現的異象。她看見一個人攜著她的女兒從
海邊上來，穿過林樾，一直走到跟前。那人說：「長孫夫人，
許久不見，貴體康健啊！我領你的女兒來找你哪。」

尚潔此時，展一展眼睛，才理會果然是史先生攜著佩荷
找她來。她不等回答史先生的話，便上前用力摟住佩荷，她
的哭聲從她愛心的深密處殷雷似地震發出來。佩荷因為不認

得她，害怕起來，也放聲哭了一場。史先生不知道感觸了什麼，也在旁邊只儘管擦眼淚。

這三種不同情緒的哭泣止了以後，尚潔就嗚咽地問史先生說：「我實在喜歡。想不到你會來探望我，更想不到佩荷也能來！……」她要問的話很多，一時摸不著頭緒。只摟定佩荷，眼看著史先生出神。

史先生很莊重地說：「夫人，我給你報好消息來了。」

「好消息！」

「你且鎮定一下，等我細細地告訴你。我們一得著這消息，我的妻子就教我和佩荷一同來找你。這奇事，我們以前都不知道，到前十幾天才聽見我奉真牧師說的。我牧師自那年為你的事卸職後，他的生活，你已經知道了。」

「是，我知道。他不是白天做裁縫匠，晚間還做製餅師嗎？我信得過，神必要幫助他，因為神的兒子說：『為義受逼迫的人是有福的。』他的事業還順利嗎？」

「倒沒有什麼過不去的地方。他不但日夜勞動，在合宜的時候，還到處去傳福音哪。他現在不用這樣地吃苦，因為他的老教會看他的行為，請他回國仍舊當牧師去，在前一個星期已經動身了。」

「是嗎！謝謝神！他必不能長久地受苦。」

「就是因為我牧師回國的事，我才能到這裡來。你知道長孫先生也受了他的感化麼？這事詳細地說起來，倒是一種

神蹟。我現在來，也是為告訴你這件事。」

「前幾天，長孫先生忽然到我家裡找我。他一向就和我們很生疏，好幾年也不過訪一次，所以這次的來，教我們很詫異。他第一句就問你的近況如何，且訴說他的懊悔。他說這反悔是忽然的，是我牧師警醒他的。現在我就將他的話，照樣他說一遍給你聽——

「『在這兩、三年間，我牧師常來找我談話，有時也請我到他的麵包房裡去聽他講道。我和他來往那麼些次，就覺得他是我的好師傅。我每有難決的事情或疑慮的問題，都去請教他。我自前年生事，二人分離以後，每疑惑尚潔官的操守，又常聽見家裡傭人思念她的話，心裡就十分懊悔。但我總想著，男人說話將軍箭，事已做出，哪裡還有臉皮收回來？本是打算給它一個錯到底的。然而日子越久，我就越覺得不對。到我牧師要走，最末次命我去領教訓的時候，講了一個章經，教我很受感動。散會後，他對我說，他盼望我做的是請尚潔官回來。他又念《馬可福音》十章給我聽，我自得著那教訓以後，越覺得我很卑鄙、凶殘、淫穢，很對不住她。現在要求你先把佩荷帶去見她，盼望她為女兒的緣故赦免我。你們可以先走，我隨後也要親自前往。』」

「他說懊悔的話很多，我也不能細說了。等他來時，容他自己對你細說罷。我很奇怪我牧師對於這事，以前一點也沒有對我說過，到要走時，才略提一提；反教他來到我那裡

去，這不是神蹟嗎？」

尚潔聽了這一席話，卻沒有顯出特別愉悅的神色，只說：「我的行為本不求人知道，也不是為要得人家的憐恤和讚美；人家怎樣待我，我就怎樣受，從來是不計較的。別人傷害我，我還饒恕，何況是他呢？他知道自己的魯莽，是一件極可喜的事。——你願意到我屋裡去看一看嗎？我們一同走走罷。」

他們一面走，一面談。史先生問起她在這裡的事業如何，她不願意把所經歷的種種苦處盡說出來，只說：「我來這裡，幾年的工夫也不算浪費，因為我已找著了許多失掉的珠子了！那些靈性的珠子，自然不如入海去探求那麼容易，然而我竟能得著二、三十顆。此外，沒有什麼可以告訴你。」

尚潔把她事情結束停當，等可望不來，打算要和史先生一同回去。正要到珠船裡和她的朋友們告辭，在路上就遇見可望跟著一個本地人從對面來。她認得是可望，就堆著笑容，搶前幾步去迎他，說：「可望君，平安哪！」可望一見她，也就深深地行了一個敬禮，說：「可敬的婦人，我所做的一切事都是傷害我的身體，和你我二人的感情，此後我再不敢了。我知道我多多地得罪你，實在不配再見你的面，盼望你不要把我的過失記在心中。今天來到這裡，為的是要表明我悔改底行為，還要請你回去管理一切所有的。你現在

要到哪裡去呢？我想你可以和史先生先行動身，我隨後回來。」

尚潔見他那番誠懇的態度，比起從前，簡直是兩個人，心裡自然滿是愉快，且暗自謝她的神在他身上所顯的奇蹟。她說：「呀！往事如夢中之煙，早已在虛幻裡消散了，何必重新提起呢？凡人都不可積聚日間的怨恨、怒氣和一切傷心的事到夜裡，何況是隔了好幾年的事？請你把那些事情擱在腦後罷。我本想到船裡去，向我那班同工的人辭行。你怎樣不和我們一起回去，還有別的事情要辦麼？史先生現時在他的別業——就是我住的地方——我們一同到那裡去罷，待一會，再出來辭行。」

「不必，不必。你可以去你的，我自己去找他就可以。因為我還有些正當的事情要辦。恐怕不能和你們一同回去，什麼事，以後我才叫你知道。」

「那麼，你教這土人領你去罷，從這裡走不遠就是。我先到船裡，回頭再和你細談。再見哪！」

她從土華回來，先住在史先生家裡，意思是要等可望來到，一同搬回她的舊房子去。誰知等了好幾天，也不見他的影。她才知道可望在土華所說的話意有所含蓄。可是他到哪裡去呢？去幹什麼呢？她正想著，史先生拿了一封信進來對她說：「夫人，你不必等可望了，明後天就搬回去罷。他寄給我這一封信說，他有許多對不起你的地方，都是出於激烈

的愛情所致，因他愛你的緣故，所以傷了你。現在他要把從前邪惡的行為和暴躁的脾氣改過來，且要償還你這幾年來所受的苦楚，故不得不暫時離開你。他已經到檳榔嶼了。他不直接寫信給你的緣故，是怕你傷心，故此寫給我，教我好安慰你；他還說從前一切的產業都是你的，他不應獨自霸占了許多，要求你盡量地享用，直等到他回來。」

「這樣看來，不如你先搬回去，我這裡派人去找他回來如何？唉，想不到他一會兒就能悔改到這步田地！」

她遇事本來很沉靜，史先生說時，她的顏色從不曾顯出什麼變態，只說：「為愛情麼？為愛而離開我麼？這是當然的，愛情本如極利的斧子，用來剝削命運常比用來整理命運的時候多一些。他既然規定他自己的行程，又何必費工夫去尋找他呢？我是沒有成見的，事情怎樣來，我怎樣對付就是。」

尚潔搬回來那天，可巧下了一點雨，好像上天使園裡的花木特地沐浴得很妍淨來迎接它們的舊主人一樣。她進門時，妥娘正在整理廳堂，一見她來，便嚷著：「奶奶，你回來了！我們很想念你哪！你的房間亂得很，等我把各樣東西安排好再上去。先到花園去看看罷，你手植各樣的花木都長大了。後面那棵釋迦頭長得像羅傘一樣，結果也不少，去看看罷。史夫人早和佩荷姑娘來了，他們現時也在園裡。」

她和妥娘說了幾句話，便到園裡。一拐彎，就看見史夫

人和佩荷坐在樹蔭底下一張凳上——那就是幾年前，她要被刺那夜，和史夫人坐著談話的地方。她走來，又和史夫人並肩坐在那裡。史夫人說來說去，無非是安慰她的話。她像不信自己這樣的命運不甚好，也不信史夫人用定命論的解釋來安慰她，就可以使她滿足。然而她一時不能說出合宜的話，教史夫人明白她心中毫無憂鬱在內。她無意中一抬頭，看見佩荷拿著樹枝把結在玫瑰花上一個蜘蛛網撩破了一大部分。她注神許久，就想出一個意思來。

她說：「呀，我給這個比喻，你就明白我的意思。」

「我像蜘蛛，命運就是我的網。蜘蛛把一切有毒無毒的昆蟲吃入肚裡，回頭把網組織起來。它第一次放出來的游絲，不曉得要被風吹到多麼遠，可是等到黏著別的東西的時候，它的網便成了。」

「它不曉得那網什麼時候會破，和怎樣破法。一旦破了，它還暫時安安然然地藏起來，等有機會再結一個好的。」

「它的破網留在樹梢上，還不失為一個網。太陽從上頭照下來，把各條細絲映成七色；有時黏上些少水珠，更顯得燦爛可愛。」

「人和他的命運，又何嘗不是這樣？所有的網都是自己組織得來，或完或缺，只能聽其自然罷了。」

史夫人還要說時，妥娘來說屋子已收拾好了，請她們進

去看看。於是，她們一面談，一面離開那裡。

　　園裡沒人，寂靜了許久。方才那只蜘蛛悄悄地從葉底出來，向著網的破裂處，一步一步，慢慢補綴。它補這個幹什麼？因為它是蜘蛛，不得不如此！

醍醐天女

醍醐天女

　　相傳樂斯迷是從醍醐海升起來的。她是愛神的母親，是保護世間的大神衛世奴的妻子。印度人一談到她，便發出非常的欽贊。她的化身依婆羅門人的想像，是不可用算數語言表出的。人想她的存在是遍一切處，遍一切時；然而我生在世間的年紀也不算少了，怎樣老見不著她的影兒？我在印度洋上曾將這個疑問向一、兩個印度朋友說過。他們都笑我沒有智慧，在這有情世間活著，還不能辨出人和神的性格來。準陀羅是和我同舟的人，當時他也沒有對我說什麼，只管凝神向著天際那現吉祥相的海雲。

　　那晚上，他教我和他到舵上的輪機旁邊。我們的眼睛都望下看著推進機激成的白浪。準陀羅說：「那麼大的洋海，只有這幾尺地方，像醍醐海的顏色。」這話又觸動我對於樂斯迷的疑問。他本是很喜歡講故事的，所以我就央求他說一點樂斯迷的故事給我聽。

　　他對著蒼茫的洋海，很高興地發言。「這是我自己的母親！」在很莊嚴的言語中，又顯出他有資格做個女神的兒子。我倒詫異起來了。他說：「你很以為稀奇麼？我給你解釋罷。」

　　我靜坐著，聽這位自以為樂斯迷兒子的朋友說他父母的故事。

　　我的家在旁遮普和迦濕彌羅交界地方。那裡有很暢茂的森林。我母親自十三歲就嫁了。那時我父親不過是十四歲。

她每天要跟我父親跑入森林裡去，因為她喜歡那些參天的樹木，和不羈的野鳥和昆蟲的歌舞。他們實在是那森林的心。他們常進去玩，所以樹林裡的禽獸都和他們很熟悉，鸚鵡銜著果子要吃，一見他們來，立刻放下，發出和悅的聲問他們好。孔雀也是如此，常在林中展開他們的尾扇，歡迎他們。小鹿和大象有時嚼著食品走近跟前讓他們撫摩。

樹林裡的路，多半是我父母開的。他們喜歡做開闢道路的人。每逢一條舊路走熟了，他們就想把路邊的藤蘿荊棘掃除掉，另開一條新路進去。在沒有路或不是路的樹林裡走著，本是非常危險的。他們冒得險多，危險真個教他們遇著了。

我父親拿著木棍，一面撥，一面往前走；母親也在後頭跟著。他們從一棵滿了氣根的榕樹底下穿過去。亂草中流出一條小溪，水淺而清，可是很急。父親喊著「看看」！他扶著木棍對母親說：「真想不到這裡頭有那麼清的流水。我們坐一會玩玩。」

於是他們二人摘了兩扇棕櫚葉，鋪在水邊，坐下，四隻腳插入水中，任那活流洗濯。

父親是一時也靜不得的。他在不言中，涉過小溪，試要探那邊的新地。母親是女人，比較起來，總軟弱一點。有時父親往前走了很遠，她還在歇著，喘不過氣來。所以父親在前頭走得多麼遠，她總不介意。她在葉上坐了許多，只等父

親回來叫她，但天色越來越晚，總不見他來。

催夕陽西下的鳥歌。獸吼，一陣陣地興起了，母親慌慌張張涉過水去找父親。她從藤蘿的斷處，叢莽的傾倒處，或林樾的婆娑處找尋，在萬綠底下，黑暗特別來得快。這時，只剩下幾點螢火和葉外的霞光照顧著這位森林的女人。她的身體雖然弱，她的膽卻是壯的。她一見父親倒在地上，凝血聚在身邊，立即走過去。她見父親的腳還在流血，急解下自己的外衣在他腿上緊緊地絞。血果然止住，但父親已在死的門外候著了。

母親這時雖然無力也得囊著父親走。她以為躺在這用虎豹做看護的森林病床上，倒不如早些離開為妙。在一所沒有路的新地，想要安易地回到家裡，雖不致如煮沙成飯那麼難，可也不容易。母親好容易把父親囊過小溪，但找來找去總找不著原路。她知道在急忙中走錯了道，就住步四圍張望，在無意間把父親撩在地上，自己來回地找路。她心越亂，路越迷，怎樣也找不著。回到父親身邊，夜幕已漸次落下來了！她想無論如何，不能在林裡過夜，總得把父親囊出來。不幸這次她的力量完全丟了，怎麼也舉父親不起，這教她進退兩難了。守著呢？丈夫的傷勢像很沉重，夜來若再遇見毒蛇猛獸，那就同歸於盡了。走呢？自己一個不忍不得離開。絞盡腦髓，終不能想出何等妙計。最後她決定自己一個人找路出來。她摘了好些葉子，折了好些小樹枝把父親遮蓋

著。用了一刻功夫，居然堆成一叢小林。她手裡另抱著許多合歡葉，走幾步就放下一技，有時插在別的樹葉下，有時結在草上，有時塞在樹皮裡，為要做回來的路標。她走了約有五、六百步，一彎新月正壓眉梢，距離不遠，已隱約可以看見些村屋。

　　她出了林，往有房屋的地方走，可惜這不是我們的村，也不是鄰舍。是樹林另一方面的村莊，我母親不曾到過的。那時已經八、九點了。村人怕野獸，早都關了門。她拍手求救，總不見有慷慨出來幫助的。她跑到村後，挨那籬笆向裡瞻望。

　　那一家的籬笆裡，在淡月中可以看見兩、三個男子坐在樹下吸菸、閒談。母親合著掌從籬外伸進去，求他們說：「諸位好鄰人，趕快幫助我到樹林裡，扶我丈夫出來罷。」男子們聽見籬外發出哀求的聲，不由得走近看看。母親接著央求他們說：「我丈夫在樹林裡，負傷很重，你們能幫助我進去把他扶出來麼？」內中有個多髭的人間母親說：「天色這麼晚，你怎麼知道你丈夫在樹林裡？」母親回答說：「我是從樹林出來的。我和他一同進去，他在中途負傷。」

　　幾個男子好像審案一般，這個一言，那個一語，只顧盤問。有一個說：「既然你和他一同進去，為什麼不會扶他出來？」有一個說：「你看她連外衣也沒穿，哪裡像是出去玩的樣子！想是在林中另有別的事罷。」又有一個說：「女人的

話信不得。她不曉得是個什麼人。哪有一個女人，昏夜從樹林跑出的道理？」

在昏夜中，女人的話有時很有力量，有時她的聲音直像向沒有空氣的地方發出，人家總不理會。我母親用盡一個善女人所能說的話對他們解釋，爭奈那班心硬的男子們都覺得她在那裡饒舌。她最好的方法，只有離開那裡。

她心中惦念林中的父親，說話本有幾分恍惚，再加上那幾個男子的搶白，更是羞急萬分。她實在不認得道回家，縱然認得，也未必敢走。左右思量，還是回到樹林裡去。

在向著樹林的歸途中，朝霞已從後面照著她了。她在一個道途不熟的黑夜裡，移步固然很慢，而廢路又走了不少，繞了幾個彎，有時還回到原處。這一夜的步行，足夠疲乏了。她踱到人家一所菜圃，那裡有一張空凳子，她顧不得什麼，只管坐下。

不一會，出來一個七、八歲的孩子，定睛看著她，好像很詫異似的。母親知道他是這裡的小主人，就很恭敬地對他說明。孩子的心比那般男子好多了。他對母親說：「我背著我媽同你去罷。我們牢裡有一匹母牛，天天我們要從它那榨出些奶子，現在我正要牽它出來。你候一候罷，我教牠讓你騎著走，因為你乏了。」孩子牽牛出來，也不榨奶，只讓母親騎著，在朝陽下，隨著路標走入林中。

母親在牛背上，眼看快到父親身邊了。昨夜所堆的葉

子，一葉也沒剩下。精神慌張的人，連大象站在旁邊也不理會，真奇怪呀！她起先很害怕，以為父親的身體也同葉子一同消滅了。後來看見那只和他們很要好的象正在咀嚼夜間她所預備的葉子，心才安然一些。

下了牛背，孩子扶她到父親安臥的地方，但是人已不在了。這一嚇，非同小可，簡直把她苦得欲死不得。孩子的眼快一點，心地又很安寧，父親一下子就讓他找到了。他指著那邊樹根上那人說：「那個是不是？」母親一看，速速地扶著他走過去。

母親喜出望外，問說：「你什麼時候醒過來的？怎麼看見我們來了，也不作一聲？」

父親沒有回答她的話，只說：「我渴得很。」

孩子搶著說：「擠些奶子他喝。」他摘一片光面的葉子到母牛腹下擠了些來給父親喝。

父親的精神漸次回覆了，對母親說：「我是被大象搖醒的。醒來不見你，只見它在旁邊，吃葉子。為何這裡有那麼些葉子？是你預備的罷。……我記得昨天受傷的地方不是在這裡。」

母親把情形告訴他，又問他為何傷得那麼厲害。他說是無意中觸著毒刺，折入腿裡，他一拔出來血就隨著流，不忍教母親知道，打算自己治好再出來。誰知越治血流得越多，至於暈過去，醒來才知道替他止血的還是母親。

　　父親知道白母牛是孩子的，就對他說了些感謝的話，也感激母親說：「若不是你去帶這匹母牛來，恐怕今早我也起不來。」

　　母親很誠懇地回答：「溪水也可以喝的，早知道你要醒過來，我當然不忍離開你。真對不住你了。」

　　「誰是先知呢？剛才給我喝的奶子，實在勝過天上醍醐，多虧你替我找來！」父親說時，挺著身子想要起來，可是他的氣力很弱，動彈得不大靈敏。母親向孩子借了母牛讓父親騎著。於是孩子先告辭回去了。

　　父親讚美她的忠心，說她比醍醐海出來的樂斯迷更好，母親那時也覺得昨晚上備受苦辱，該得父親的讚美的。她也很得意地說：「權當我為樂斯迷罷！」自那時以後，父親常叫她做樂斯迷。

枯楊生花

枯楊生花

秒，分，年月，是用機械算的時間。

白頭，縐皮，是時間栽培的肉身。

誰曾見過心生白髮？

起了皺紋？

心花無時不開放，雖寄在愁病身、老死身中，也不減它的輝光。

那麼，誰說枯楊生花不久長？

「身不過是糞土」，是栽培心花的糞土。

汙穢的土能養美麗的花朵，所以老死的身能結長壽的心果。

在這漁村裡，人人都是慣於海上生活的。就是女人們有時也能和她們的男子出海打魚，一同在那漂蕩的浮屋過日子。但住在村裡，還有許多願意和她們的男子過這樣危險生活也不能的女子們。因為她們的男子都是去國的旅客，許久許久才隨著海燕一度歸來，不到幾個月又轉回去了。可羨燕子的歸來都是成雙的；而背離鄉井的旅人，除了他們的行李以外，往往還還，終是非常孤零。

小港裡，榕蔭深處，那家姓金的，住著一個老婆子雲姑和她的媳婦。她的兒子是個遠道的旅人，已經許久沒有消息了。年月不歇地奔流，使雲姑和她媳婦的身心滿了煩悶，苦惱，好像溪邊的岩石，一方面被這時間的水沖刷了她們外表的光輝，一方面又從上流帶了許多垢穢來停滯在她們身邊。

這兩位憂鬱的女人，為她們的男子不曉得費了許多無用的希望和探求。

這村，人煙不甚稠密，生活也很相同，所以測驗命運的瞎先生很不輕易來到。老婆子一聽見「報君知」的聲音，沒一次不趕快出來候著，要問行人的氣運。她心裡的想念比媳婦還切。這緣故，除非自己說出來，外人是難以知道的。每次來，都是這位瞎先生；每回的卦，都是平安、吉利。所短的只是時運來到。

那天，瞎先生又敲著他的報君知來了。老婆子早在門前等候。瞎先生足慣在這家測算的，一到，便問：「雲姑，今天還問行人麼？」

「他一天不回來，終是要煩你的。不過我很思疑你的占法有點不靈驗。這麼些年，你總是說我們能夠會面，可是現在連書信的影兒也沒有了。你最好就是把小鉦給了我，去幹別的營生罷。你這不靈驗的先生！」

瞎先生陪笑說：「哈哈，雲姑又和我鬧玩笑了。你兒子的時運就是這樣，——好的要等著；壞的……」

「壞的怎樣？」

「壞的立刻驗。你的卦既是好的，就得等著。縱然把我的小鉦摔破了也不能教他的好運早進一步的。我告訴你，若要相見，倒用不著什麼時運，只要你肯去找他就可以，你不是去過好幾次了麼。」

「若去找他，自然能夠相見，何用你說？啐！」

「因為你心急，所以我又提醒你，我想你還是走一趟好。今天你也不要我算了。你到那裡，若見不著他，回來再把我的小鉦取去也不遲。那時我也要承認我的占法不靈，不配幹這營生了。」

瞎先生這一番話雖然帶著搭赸的意味，可把雲姑遠行尋子的念頭提醒了。她說：「好罷，過一、兩個月再沒有消息，我一定要去走一遭。你且候著，若再找不著他，提防我摔碎你的小鉦。」

瞎先生連聲說：「不至於，不至於。」扶起他的竹杖，順著池邊走。報君知的聲音漸漸地響到榕蔭不到的地方。

一個月，一個月，又很快地過去了。雲姑見他老沒消息，徑同著媳婦從鄉間來。路上的風波，不用說，是受夠了。老婆子從前是來過三、兩次的，所以很明白往兒子家裡要望那方前進。前度曾來的門牆依然映入雲姑的瞳子。她覺得今番的顏色比前輝煌得多。眼中的瞳子好像對她說：「你看兒子發財了！」

她早就疑心兒子發了財，不顧母親，一觸這鮮豔的光景，就帶著呵責對媳婦說：「你每用話替他粉飾，現在可給你親眼看見了。」她見大門虛掩，順手推開，也不打聽，就望裡邁步。

媳婦說：「這怕是別人的住家，娘敢是走錯了。」

她索性拉著媳婦的手，回答說：「哪會走錯？我是來過好幾次的。」媳婦才不做聲，隨著她走進去。

　　嫣媚的花草各立定在門內的小園，向著這兩個村婆裝腔、作勢。路邊兩行千心妓女從大門達到堂前，跽得齊齊地。媳婦從不曾見過這生命的扶檻，一面走著，一面用手在上頭捋來捋去。雲姑說：「小奴才，很會享福呀！怎麼從前一片瓦礫場，今兒能長出這般爛漫的花草？你看這奴才又為他自己化了多少錢。他總不想他娘的田產，都是為他念書用完的。念了十幾、二十年書，還不會剩錢；剛會剩錢，又想自己花了。哼！」

　　說話間，已到了堂前。正中那幅擬南田的花卉仍然掛在壁上。媳婦認得那是家裡帶來的，越發安心坐定。雲姑只管望裡面探望，望來望去，總不見兒子的影兒。她急得嚷道：「誰在裡頭？我來了大半天，怎麼沒有半個人影兒出來接應？」這聲浪擁出一個小廝來。

　　「你們要找誰？」

　　老婦人很氣地說：「我要找誰！難道我來了，你還裝做不認識麼？快請你主人出來。」

　　小廝看見老婆子生氣，很不好惹，遂恭恭敬敬地說：「老太太敢是大人的親眷？」

　　「什麼大人？在他娘面前也要排這樣的臭架。」這小廝很詫異，因為他主人的母親就住在樓上，哪裡又來了這位母

親。他說：「老太太莫不是我家蕭大人的⋯⋯」

「什麼蕭大人？我兒子是金大人。」

「也許是老太太走錯門了。我家主人並不姓金。」

她和小廝一句來，一句去，說的怎麼是，怎麼不是——鬧了一陣還分辨不清。鬧得裡面又跑出一個人來。這個人卻認得她，一見便說：「老太太好呀！」她見是兒子成仁的廚子，就對他說：「老宋你還在這裡。你聽那可惡的小廝硬說他家主人不姓金，難道我的兒子改了姓不成？」

廚子說：「老太太哪裡知道？少爺自去年年頭就不在這裡住了。這裡的東西都是他賣給人的。我也許久不吃他的飯了。現在這家是姓蕭的。」

成仁在這裡原有一條謀生的道路，不提防年來光景變遷，弄得他朝暖不保夕寒，有時兩、三天才見得一點炊煙從屋角冒上來。這樣生活既然活不下去，又不好坦白地告訴家人。他只得把房子交回東主，一切傢俬能變賣的也都變賣了。雲姑當時聽見廚子所說，便問他現在的住址。廚子說：「一年多沒見金少爺了，我實在不知道他現在在哪裡。我記得他對我說過要到別的地方去。」

廚子送了她們二人出來，還給她們指點道途。走不遠，她們也就沒有主意了。媳婦含淚低聲地自問：「我們現在要往哪裡去？」但神經過敏的老婆子以為媳婦奚落她，便使氣說：「往去處去！」媳婦不敢再做聲，只默默地扶著她走。

這兩個村婆從這條街走到那條街，親人既找不著，道途又不熟悉，各人提著一個小包袱，在街上只是來往地踱。老人家走到極疲乏的時候，才對媳婦說道：「我們先找一家客店住下罷。可是……店在哪裡，我也不熟悉。」

　　「那怎麼辦呢？」

　　她們倆站在街心商量，可巧一輛摩托車從前面慢慢地駛來。因著警號的聲音，使她們靠裡走，且注意那坐在車上的人物。雲姑不看則已，一看便呆了大半天。媳婦也是如此，可惜那車不等她們嚷出來，已直駛過去了。

　　「方才在車上的，豈不是你的丈夫成仁？怎麼你這樣呆頭呆腦，也不會叫他的車停一會？」

　　「呀，我實在看呆了！……但我怎好意思在街上隨便叫人？」

　　「哼！你不叫，看你今晚上往哪裡住去。」

　　自從那摩托車過去以後，她們心裡各自懷著一個意思。做母親的想她的兒子在此地享福，不顧她，教人瞞著她說他窮。做媳婦的以為丈夫是另娶城市的美婦人，不要她那樣的村婆了，所以她暗地也埋怨自己的命運。

　　前後無盡的道路，真不是容人想念或埋怨的地方呀。她們倆，無論如何，總得找個住宿的所在；眼看太陽快要平西，若還猶豫，便要露宿了。在她們心緒紊亂中，一個巡捕弄著手裡的大黑棍子，撮起嘴唇，優悠地吹著些很鄙俗的歌調走

過來。他看見這兩個婦人，形跡異常，就向前盤問。巡捕知道她們是要找客店的旅人，就遙指著遠處一所棧房說：「那間就是客店。」她們也不能再走，只得聽人指點。

她們以為大城裡的道路也和村莊一樣簡單，人人每天都是走著一樣的路程。所以第二天早晨，老婆子顧不得梳洗，便跑到昨天她們與摩托車相遇的街上。她又不大認得道，好容易才給她找著了。站了大半天，雖有許多摩托車從她面前經過，然而她心意中的兒子老不在各輛車上坐著。她站了一會，再等一會，巡捕當然又要上來盤問。她指手畫腳，盡力形容，大半天巡捕還不明白她說的是什麼意思。巡捕只好教她走；勸她不要在人馬擾攘的街心站著。她沉吟了半晌。才一步一步地踱回店裡。

媳婦挨在門框旁邊也盼望許久了。她熱望著婆婆給她好消息來，故也不歇地望著街心。從早晨到晌午，總沒離開大門，等她看見雲姑還是獨自回來，她的雙眼早就嵌上一層玻璃罩子。這樣的失望並不稀奇，我們在每日生活中有時也是如此。

雲姑進門，坐下，喘了幾分鐘，也不說話，只是搖頭。許久才說：「無論如何，我總得把他找著。可恨的是人一發達就把家忘了，我非得把他找來清算不可。」媳婦雖是傷心，還得掙扎著安慰別人。她說：「我們至終要找著他。但每日在街上候著，也不是個辦法，不如僱人到處打聽去更妥

當。」婆婆動怒了，說：「你有錢，你僱人打聽去。」靜了一會，婆婆又說：「反正那條路我是認得的，明天我還得到那裡候著。前天我們是黃昏時節遇著他的，若是晚半天去，就能遇得著。」媳婦說：「不如我去。我健壯一點，可以多站一會。」婆婆搖頭回答：「不成，不成。這裡人心極壞，年輕的婦女少出去一些為是。」媳婦很失望，低聲自說：「那天呵責我不攔車叫人，現在又不許人去。」雲姑翻起臉來說：「又和你娘拌嘴了。這是什麼時候？」媳婦不敢再做聲了。

當下她們說了些找尋的方法。但雲姑是非常固執的，她非得自己每天站在路旁等候不可。

老婦人天天在路邊候著，總不見從前那輛摩托車經過。倏忽的光陰已過了一個月有餘，看來在店裡住著是支持不住了。她想先回到村裡，往後再作計較。媳婦又不大願意快走，爭奈婆婆的性子，做什麼事都如箭在弦上，發出的多，挽回的少；她的話雖在喉頭，也得從容地再吞下去。

她們下船了。舷邊一間小艙就是她們的住處。船開不久，浪花已順著風勢頻頻地打擊圓窗。船身又來回簸蕩，把她們都蕩暈了。第二晚，在眠夢中，忽然「花拉」一聲，船面隨著起一陣恐怖的呼號。媳婦忙掙扎起來，開門一看，已見客人擁擠著，竄來竄去，好像老鼠入了吊籠一樣。媳婦忙退回艙裡，搖醒婆婆說：「阿娘，快出去罷！」老婆子忙爬起來，緊拉著媳婦望外就跑。但船上的人你擠我，我擠你；

船板又溼又滑；惡風怒濤又不稍減；所以搭客因摔倒而滾入海的很多。她們二人出來時，也摔了一跤；婆婆一撒手，媳婦不曉得又被人擠到什麼地方去了。雲姑被一個青年人扶起來，就緊揪住一條桅索，再也不敢動一動。她在那裡只高聲呼喚媳婦，但在那時，不要說千呼萬喚，就是雷音獅吼也不中用。

天明了，可幸船還沒沉，只擱在一塊大礁石上，後半截完全泡在水裡。在船上一部分人因為慌張擁擠的緣故，反比船身沉沒得快。雲姑走來走去，怎也找不著她媳婦。其實夜間不曉得丟了多少人，正不止她媳婦一個。她哭得死去活來，也沒人來勸慰。那時節誰也有悲傷，哀哭並非稀奇難遇的事。

船擱在礁石上好幾天，風浪也漸漸平復了。船上死剩的人都引領盼顧，希望有船隻經過，好救度他們。希望有時也可以實現的，看天涯一縷黑煙越來越近，雲姑也忘了她的悲哀，隨著眾人吶喊起來。

雲姑隨眾人上了那只船以後，她又想念起媳婦來了。無知的人在平安時的回憶總是這樣。她知道這船是向著來處走，並不是往去處去的，於是她的心緒更亂。前幾天因為到無可奈何的時候才離開那城，現在又要折回去，她一想起來，更不能制止淚珠的亂墜。

現在船中只有她是悲哀的。客人中，很有幾個走來安慰

她，其中一位朱老先生更是殷勤。他問了雲姑一席話，很憐憫她，教她上岸後就在自己家裡歇息，慢慢地尋找她的兒子。

慈善事業只合淡泊的老人家來辦的，年少的人辦這事，多是為自己的愉快，或是為人間的名譽恭敬。朱老先生很誠懇地帶著老婆子回到家中，見了妻子，把情由說了一番。妻子也很仁惠，忙給她安排屋子，凡生活上一切的供養都為她預備了。

朱老先生用盡方法替她找兒子，總是沒有消息。雲姑覺得住在別人家裡有點不好意思。但現在她又回去不成了。一個老婦人，怎樣營獨立的生活！從前還有一個媳婦將養她，現在媳婦也沒有了。晚景朦朧，的確可怕、可傷。她青年時又很要強、很獨斷，不肯依賴人，可是現在老了。兩位老主人也樂得她住在家裡，故多用方法使她不想。

人生總有多少難言之隱，而老年的人更甚。她雖不慣居住城市，而心常在城市。她想到城市來見見她兒子的面是她生活中最要緊的事體。這緣故，不說她媳婦不知道，連她兒子也不知道。她隱祕這事，似乎比什麼事都嚴密。流離的人既不能滿足外面的生活，而內心的隱情又時時如毒蛇圍繞著她。老人的心還和青年人一樣，不是離死境不遠的。她被思維的毒蛇咬傷了。

朱老先生對於道旁人都是一樣愛惜，自然給她張羅醫

藥，但世間還沒有藥能夠醫治想病。他沒有法子，只求雲姑把心事說出，或者能得一點醫治的把握。女人有話總不輕易說出來的。她知道說出來未必有益，至終不肯吐露絲毫。

　　一天，一天，很容易過，急他人之急的朱老先生也急得一天厲害過一天。還是朱老太太聰明，把老先生提醒了說：「你不是說她從滄海來的呢？四妹夫也是滄海姓金的，也許他們是同族，怎不向他打聽一下？」

　　老先生說：「據你四妹夫說滄海全村都是姓金的，而且出門的很多，未必他們就是近親；若是遠族，那又有什麼用處？我也曾問過她認識思敬不認識，她說村裡並沒有這個人。思敬在此地四十多年，總沒回去過；在理，他也未必認識她。」

　　老太太說：「女人要記男子的名字是很難的。在村裡叫的都是什麼『牛哥』、『豬郎』，一出來，把名字改了，叫人怎能認得？女人的名字在男子心中總好記一點，若是滄海不大，四妹夫不能不認識她。看她現在也六十多歲了；在四妹夫來時，她至少也在二十五六歲左右。你說是不是？不如你試到他那裡打聽一下。」

　　他們商量妥當，要到思敬那裡去打聽這老婦人的來歷。思敬與朱老先生雖是連襟，卻很少往來。因為朱老太太的四妹很早死，只留下一個兒子礦生。親戚家中既沒有女人，除年節的遺贈以外，是不常往來的。思敬的心情很坦蕩，有

時也詼諧，自妻死後，便將事業交給那年輕的兒子，自己在市外蓋了一所別莊，名做滄海小浪仙館，在那裡已經住過十四、五年了。白手起家的人，像他這樣知足，會享清福的很少。

小浪仙館是藏在萬竹參差裡。一灣流水圍繞林外，儼然是個小洲，需過小橋方能達到館裡。朱老先生順著小橋過去。小林中養著三、四隻鹿，看見人在道上走，都搶著跑來。深秋的昆蟲，在竹林裡也不少，所以這小浪仙館都滿了蟲聲、鹿跡。朱老先生不常來，一見這所好園林，就和拜見了主人一樣。在那裡盤桓了多時。

思敬的別莊並非金碧輝煌的高樓大廈，只是幾間覆茅的小屋。屋裡也沒有什麼稀世的珍寶，只是幾架破書，幾卷殘畫。老先生進來時，精神怡悅的思敬已笑著出來迎接。

「襟兄少會呀！你在城市總不輕易到來，今日是什麼興頭使你老人家光臨？」

朱老先生說：「自然，『沒事就不登三寶殿』，我來特要向你打聽一件事。但是你在這裡很久沒回去，不一定就能知道。」

思敬問：「是我家鄉的事麼？」

「是，我總沒告訴你我這夏天從香港回來，我們的船在水程。上救濟了幾十個人。」

「我已知道了，因為礦生告訴我。我還教他到府上請安

去。」

老先生詫異說：「但是礪生不曾到我那裡。」

「他一向就沒去請安麼？這孩子越學越不懂事了！」

「不，他是很忙的，不要怪他。我要給你說一件事：我在船上帶了一個老婆子。……」

詼諧的思敬狂笑，攔著說：「想不到你老人家的心總不會老！」

老先生也笑了說：「你還沒聽我說完哪。這老婆子已六十多歲了，她是為找兒子來的。不幸找不著，帶著媳婦要回去。風浪把船打破，連她的媳婦也打丟了。我見她很零丁，就帶她回家裡暫住。她自己說是從滄海來的。這幾個月中，我們夫婦為她很擔心，想她自己一個人再去又沒依靠的人；在這裡，又找不著兒子，自己也急出病來了。問她的家世，她總說得含含糊糊，所以特地來請教。」

「我又不是滄海的鄉正，不一定就能認識她。但六十左右的人，多少我還認識幾個。她叫什麼名字？」

「她叫做雲姑。」

思敬注意起來了。他問：「是嫁給日騰的雲姑麼？我認得一位日騰嫂小名叫雲姑，但她不致有個兒子到這裡來，使我不知道。」

「她一向就沒說起她是日騰嫂，但她兒子名叫成仁，是她親自對我說的。」

「是呀，日騰嫂的兒子叫阿仁是不錯的。這，我得去見見她才能知道。」

這回思敬倒比朱老先生忙起來了。談不到十分鐘，他便催著老先生一同進城去。

一到門，朱老先生對他說：「你且在書房候著，待我先進去告訴她。」他跑進去，老太太正陪著雲姑在床沿坐著。老先生對她說：「你的妹夫來了。這是很湊巧的，他說認識她。」他又向雲姑說：「你說不認得思敬，思敬倒認得你呢。他已經來了，待一回，就要進來看你。」

老婆子始終還是說不認識思敬。等他進來，問她：「你可是日騰嫂？」她才驚訝起來。怔怔地望著這位灰白眉髮的老人。半晌才問：「你是不是日輝叔？」

「可不是！」老人家的白眉望上動了幾下。

雲姑的精神這回好像比沒病時還健壯。她坐起來，兩隻眼睛凝望著老人，搖搖頭嘆說：「呀，老了！」

思敬笑說：「老麼？我還想活三十年哪。沒想到此生還能在這裡見你！」

雲姑的老淚流下來，說：「誰想得到？你出門後總沒有信。若是我知道你在這裡，仁兒就不致於丟了。」

朱老先生夫婦們眼對眼在那裡猜啞謎，正不曉得他們是怎麼一回事。思敬坐下，對他們說：「想你們二位要很詫異我們的事。我們都是親戚，年紀都不小了，少年時事，說說

也無妨。雲姑是我一生最喜歡、最敬重的。她的丈夫是我同族的哥哥，可是她比我少五歲。她嫁後不過一年，就守了寡──守著一個遺腹子。我於她未嫁時就認得她的，我們常在一處。自她嫁後，我也常到她家裡。」

「我們住的地方只隔一條小巷，我出入總要由她門口經過。自她寡後，心性變得很浮躁，喜怒又無常，我就不常去了。」

「世間湊巧的事很多！阿仁長了五、六歲，偏是很像我。」

朱老先生截住說：「那麼，她說在此地見過成仁，在摩托車上的定是礦生了。」

「你見過礦生麼？礦生不認識你，見著也未必理會。」他向著雲姑說了這話，又轉過來對著老先生，「我且說村裡的人很沒知識，又很愛說人閒話；我又是弱房的孤兒，族中人總想找機會來欺負我。因為阿仁，幾個壞子弟常來勒索我，一不依，就要我見官去，說我『盜嫂』，破寡婦的貞節。我為兩方的安全，帶了些少金錢，就跑到這裡來。其實我並不是個商人，趕巧又能在這裡成家立業。但我終不敢回去，恐怕人家又來欺負我。」

「好了，你既然來到，也可以不用回去。我先給你預備住處，再想法子找成仁。」

思敬並不多談什麼話，只讓雲姑歇下，同著朱老先生出

外廳去了。

　　當下思敬要把雲姑接到別莊裡，朱老先生因為他們是同族的嫂叔，當然不敢強留。雲姑雖很喜歡，可躺病在床，一時不能移動，只得暫時留在朱家。

　　在床上的老病人，忽然給她見著少午時所戀、心中常想而不能說的愛人，已是無上的藥餌足能治好她。此刻她的眉也不縐了。旁邊人總不知她心裡有多少愉快，只能從她面部的變動測驗一點。

　　她躺著翻開她心史最有趣的一頁。

　　記得她丈夫死時，她不過是二十歲，雖有了孩子，也是難以守得住，何況她心裡又另有所戀。日日和所戀的人相見，實在教她忍不得去過那孤寡的生活。

　　鄰村的天后宮，每年都要演酬神戲。村人藉著這機會可以消消閒，所以一演劇時，全村和附近的男女都來聚在臺下，從日中看到第二天早晨。那夜的戲目是《殺子報》，支姑也在臺下坐著看。不到夜半半，她已看不入眼，至終給心中的煩悶催她回去。

　　回到家裡，小嬰兒還是靜靜地睡著；屋裡很熱，她就依習慣端一張小凳子到偏門外去乘涼。這時巷中一個人也沒有。近處只有印在小池中的月影伴著她。遠地的鑼鼓聲、人聲，又時時送來攪擾她的心懷。她在那裡，對著小池暗哭。

　　巷口，腳步的回聲令她轉過頭來視望。一個人吸著旱煙

筒從那邊走來。她認得是日輝，心裡頓然安慰。日輝那時是個斯文的學生，所住的是在村尾，這巷是他往來必經之路。他走近前，看見雲姑獨自一人在那裡，從月下映出她雙頰上幾行淚光。寡婦的哭本來就很難勸。他把旱煙吸得嗅嗅有聲，站住說：「還不睡去，又傷心什麼？」

她也不回答，一手就把日輝的手抓住。沒經驗的日輝這時手忙腳亂，不曉得要怎樣才好。許久，他才說：「你把我抓住，就能使你不哭麼？」

「今晚上，我可不讓你回去了。」

日輝心裡非常害怕，血脈動得比常時快，煙筒也抓得不牢，落在地上。他很鄭重地對雲姑說：「諒是今晚上的戲使你苦惱起來。我不是不依你，不過這村裡只有我一個是『讀書人』，若有三分不是，人家總要加上七分譴謫。你我的名分已是被定到這步田地，族人對你又懷著很大的希望，我心裡即如火焚燒著，也不能用你這點清涼水來解救。你知道若是有父母替我做主，你早是我的人，我們就不用各受各的苦了。不用心急，我總得想方法安慰你。我不是怕破壞你的貞節，也不怕人家罵我亂倫，因為我仍從少時就在一處長大的，我們的心腸比那些還要緊。我怕的是你那兒子還小，若是什麼風波，豈不白害了他？不如再等幾年，我有多少長進的時候，再……」

屋裡的小孩子醒了，雲姑不得不鬆了手，跑進去招呼

他。日輝乘隙走了。婦人出來，看不見日輝，正在悵望，忽然有人攔腰抱住她。她一看，卻是本村的壞子弟臭狗。

「臭狗，為什麼把人抱住？」

「你們的話，我都聽見了。你已經留了他，何妨再留我？」

婦人急起來，要嚷。臭狗說：「你一嚷，我就去把日輝揪來對質，一同上祠堂去；又告訴稟保，不保他赴府考，叫他秀才也做不成。」他嘴裡說，一隻手在女人頭面身上自由摩挲，好像乩在沙盤上亂動一般。

婦人嚷不得，只能用最後的手段，用極甜軟的話向著他：「你要，總得人家願意；人家若不願意，就許你抱到明天，那有什麼用處？你放我下來，等我進去把孩子挪過一邊……」

性急的臭狗還不等她說完，就把她放下來。一副諂媚如小鬼的臉向著婦人說：「這回可願意了。」婦人送他一次媚視，轉身把門急掩起來。臭狗見她要逃脫，趕緊插一隻腳進門限裡。這偏門是獨扇的，婦人手快，已把他的腳夾住，又用全身的力量頂著。外頭，臭狗求饒的聲，叫不絕口。

「臭狗，臭狗，誰是你占便宜的，臭蛤蟆。臭蛤蟆要吃肉也得想想自己沒翅膀！何況你這臭狗，還要跟著鳳凰飛，有本領，你就進來罷。不要臉！你這臭鬼，真臭得比死狗還臭。」

　　外頭直告饒，裡邊直詈罵，直堵。婦人力盡的時候才把他放了。那夜的好教訓是她應受的。此後她總不敢於夜中在門外乘涼了。臭狗吃不著「天鵝」，只是要找機會復仇。

　　過幾年，成仁已四、五歲了。他長得實在像日輝，村中多事的人——無疑臭狗也在內——硬說他的來歷不明。日輝本是很顧體面的，他禁不起千口同聲硬把事情擱在他身，使他清白的名字被塗得漆黑。

　　那晚上，雷雨交集。婦人怕雷，早把窗門關得很嚴，同那孩子伏在床上。子刻已過，當巷的小方窗忽然霍霍地響。婦人害怕不敢問。後來外頭叫了一聲「騰嫂」，她認得這又斯文又驚惶的聲音，才把窗門開了。

　　「原來是你呀！我以為是誰。且等一會，我把燈點好，給你開門。」

　　「不，夜深了，我不進去。你也不要點燈了，我就站在這裡給你說幾句話罷。我明天一早就要走了。」這時電光一閃，婦人看見日輝臉上、身上滿都溼了。她還沒工夫辨別那是雨、是淚，日輝又接著往下說：「因為你，我不能再在這村裡住，反正我的前程是無望的了。」

　　婦人默默地望著他，他從袖裡掏出一卷地契出來，由小窗送進去。說：「嫂子，這是我現在所能給你的。我將契寫成賣給成仁的字樣，也給縣裡的房吏說好了。你可以收下，將來給成仁做書金。」

他將契交給婦人，便要把手縮回。婦人不顧接契，忙把他的手抓住。契落在地上，婦人好像不理會，雙手捧著日輝的手往復地摩挲，也不言語。

「你忘了我站在深夜的雨中麼？該放我回去啦，待一回有人來，又不好了。」

婦人仍是不放，停了許久，才說：「方才我想問你什麼來，可又忘了。……不錯，你還沒告訴我你要到哪裡去咧。」

「我實在不能告訴你，因為我要先到廈門去打聽一下再定規。我從前想去的是長崎，或足上海，現在我又想向南洋去，所以去處還沒一定。」

婦人很傷悲地說：「我現在把你的手一撒，就像把風箏的線放了一般，不知此後要到什麼地方找你去。」

她把手撒了，男子仍是呆呆地站著。他又像要說話的樣子，婦人也默默地望著。雨水欺負著外頭的行人；閃電專要嚇裡頭的寡婦，可是他們都不介意。在黑暗裡，婦人只聽得一聲：「成仁大了，務必叫他到書房去。好好地栽培他，將來給你請封誥。」

他沒容婦人回答什麼，擔著破傘走了。

這一別四十多年，一點音信也沒有。女人的心現在如失寶重還，什麼音信、消息、兒子、媳婦，都不能動她的心了。她的愉快足能使她不病。

枯楊生花

　　思敬於雲姑能起床時，就為她預備車輛，接她到別莊去。在那蟲聲高低，鹿跡零亂的竹林裡，這對老人起首過他們曾希望過的生活。雲姑呵責思敬說他總沒音信，思敬說：「我並非不願，給你知道我離鄉後的光景，不過那時，縱然給你知道了，也未必是你我兩人的利益。我想你有成仁，別後已是閒話滿嘴了；若是我回去，料想你必不輕易放我再出來。那時，若要進前，便是吃官司；要退後，那就不可設想了。」

　　「自娶妻後，就把你忘了。我並不是真忘了你，為常記念你只能增我的憂悶，不如權當你不在了。又因我已娶妻。所以越不敢回去見你。」

　　說話時，遙見他兒子礦生的摩托車停在林外。他說：「你從前遇見的『成仁』來了。」

　　礦生進來，思敬命他叫雲姑為母親。又對雲姑說：「他不像你的成仁麼？」

　　「是呀，像得很！怪不得我看錯了。不過細看起來，成仁比他老得多。」

　　「那是自然的，成仁長他十歲有餘咧。他現在不過三十四歲。」

　　現在一提起成仁，她的心又不安了。她兩隻眼睛望空不歇地轉。思敬勸說，「反正我的兒子就是你的。成仁終歸是要找著的，這事交給礦生辦去，我們且寬懷過我們的老日子

120

罷。」

　　和他們同在的朱老先生聽了這話，在一邊狂笑，說：「『想不到你老人家的心還不會老！』現在是誰老了！」

　　思敬也笑說，「我還是小叔呀。小叔和寡嫂同過日子也是應該的。難道還送她到老人院去不成？」

　　三個老人在那裡賣老，礪生不好意思，藉故說要給他們辦筵席，乘著車進城去了。

　　壁上自鳴鐘叮噹響了幾下，雲姑像感得是滄海瞎先生敲著報君知來告訴她說：「現在你可什麼都找著了！這行人卦得賞雙倍，我的小鉦還可以保全哪。」

　　那晚上的筵席，當然不是平常的筵席。

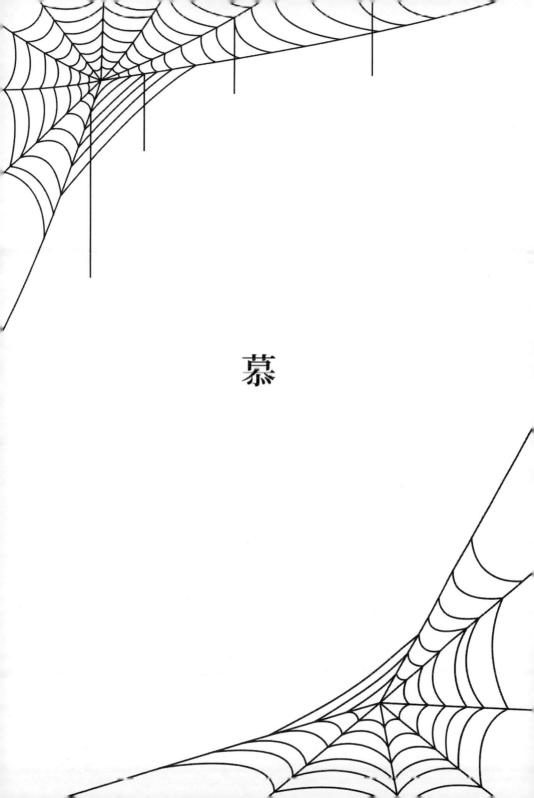

慕

一個伕役拉著垃圾車來到門口，按按鈴子，隨即有個中年女傭捧著一畚箕的廢物出來。

伕役接過畚箕來就倒入車裡，一面問：「陵媽，為什麼今天的廢紙特別多？又有人寄東西來送你姑娘嗎？」

「哪裡？這些紙不過是早晨來的一封信。……」她回頭看看後面，才接著說：「我們姑娘的脾氣非常奇怪。看這封信的光景，恐怕要鬧出人命來。」

「怎麼？」他注視車中的廢紙，用手撥了幾撥，他說：「這裡頭沒有什麼，我且說到的是怎麼一回事。」

「在我們姑娘的朋友中，我真沒見過有一位比陳先生好的。我以前不是說過他的事情嗎？」

「是，你說過他的才情、相貌和舉止都不像平常人。許是你們姑娘羨慕他，喜歡他，他不願意？」

「哪裡？你說的正相反哪。有一天，陳先生寄一封信和一顆很大的金剛石來，她還沒有看信，說把那寶貝從窗戶扔出去……」

「那不太可惜嗎？」

「自然是很可惜。那金剛石現在還沉在池底的汙泥中呢！」

「太可惜了！太可惜了！你們為何不把它淘起來？」

「呆子，你說得太容易了！那麼大的池，往哪裡淘去？況且是姑娘故意扔下去的，誰敢犯她？」

「那麼，信裡說的是什麼？」

「那封信，她沒看就搓了，交給我拿去燒燬。我私下把信攤起來看，可惜我認得的字不多，只能半猜半認地念。我看見那信，教我好幾天坐臥不安。……」

「你且說下去。」

「陳先生在信裡說，金剛石是他父親留下來給他的。他除了這寶貝以外沒有別的財產。因為羨慕我們姑娘的緣故，願意取出，送給她佩帶。」

「陳先生真呆呀！」

「誰能這樣說？我只怪我們的姑娘……」她說到這裡，又回頭望。那條路本是很清靜，不妨站在一邊長談，所以她又往下說。

「又有一次，陳先生又送一幅畫來給她，畫後面貼著一張條子。說，那是他生平最得意的畫兒，曾在什麼會裡得過什麼金牌的。因為羨慕她，所以要用自己最寶重的東西奉送。誰知我們姑娘哼了一聲，隨把畫兒撕得稀爛！」

「你們姑娘連金剛石都不要了，一幅畫兒值得什麼？他豈不是輕看你們姑娘嗎？若是我做你們姑娘，我也要生氣的。你說陳先生聰明，他到底比我笨。他應當拿些比金剛石更貴的東西來孝敬你們姑娘。」

「不，不然，你還不……」

「我說，陳先生何苦要這樣做？若是要娶妻子，將那金

慕

剛石去換錢，一百個也娶得來，何必定要你們姑娘！」

「陳先生始終沒說要我們姑娘，他只說羨慕我們姑娘。」

「那麼，以後怎樣呢？」

「寄畫兒，不過是前十幾天的事。最後來的，就是這封信了。」

「哦，這封信。」他把車裡的紙撿起來，揚了一揚，翻著看，說：「這純是白紙，沒有字呀！」

「可不是。這封信奇怪極了。早晨來的時候，我就看見信面寫著『若是尊重我，就請費神拆開這信，否則請用火毀掉。』我們姑娘還是不看，教我拿去毀掉。我總是要看裡頭到底是什麼，就把信拆開了。我拆來拆去，全是一張張的白紙。我不耐煩就想拿去投入火裡，回頭一望，又捨不得，於是一直拆下去。到末了是他自己畫的一張小照。」她順手伸入車裡把那小照翻出來，指給伕役看。她說：「你看，多麼俊美的男子！」

「這臉上黑一塊，白一塊的有什麼俊美？」

「你真不懂得，……你看旁邊的字……」

「我不認得字，還是你說給我聽罷。」

陵媽用指頭指著念：「尊貴的女友：我所有的都給你了，我所給你的，都被你拒絕了。現在我只剩下這一條命，可以給你，作為我最後的禮物。……」

126

「誰問他要命呢？你說他聰明，他簡直是一條糊塗蟲！」

陵媽沒有回答，直往下念：「我知道你是喜歡的。但在我歸去以前，我要送你這……」

「陵媽，陵媽，姑娘叫你呢。」這聲音從園裡的臺階上嚷出來，把他們的喁語衝破。陵媽把小照放入車中說：「我得進去……」

「這人命的事，你得對姑娘說。」

「誰敢？她不但沒教我拆開這信，且命我拿去燒燬。若是我對她說，豈不是起螞蟻上身！我嫌費身，沒把它燒了。你速速推走罷，待一會，她知道了就不方便。」她說完，匆匆忙忙，就把疏闌的鐵門關上。

那伕役引著垃圾車子往別家去了。方才那張小照被無意的風颳到地上，隨著落花，任人踐踏。然而這還算是那小照的幸運。流落在道上，也許會給往來的仕女們撿去供養；就使給無知的孩子撿去，擺弄完，才把它撕破，也勝過讓伕役運去，葬在垃圾岡裡。

法眼

「白狗和紅馬打起來，可苦了城裡頭的『灰貓』！灰貓者誰？不在前線的誰都不是！常人好像三條腿的灰貓，色彩不分明，身體又殘缺，生活自然不順，幸而遇見瞎眼耗子，他們還可以飽一頓天賜之糧，不幸而遇見那紅馬與白狗在他們的住宅裡拋炸彈，在他們的田地裏開壕溝，弄得他們欲生不能，求死不得，只能向天嚷著說：『真命什麼時候下來啊！』」

「這是誰說的呢？」

「這一段話好像是誰說過的，一下子記不清楚了。現在先不管它到底是哪一方的革命是具有真正的目的，據說在革命時代，凡能指揮兵士，或指導民眾，或利用民眾的暴力、財力及其他等等的人們的行為都是正的，對的，因為愚隨智和弱隨強是天演的公例。民眾既是三條腿的灰貓，物力、心力自然不如紅馬和白狗，所以也得由著他們驅東便東，逐西便西，敢有一言，便是『反革命』。像我便是擔了反革命的罪名到這裡來的，其實我也不知道所反的是哪一種革命，不過我為不主張那毀家滅宅的民死主義而寫了一篇論文罷了。」

這是在一個離城不遠的新式監獄裡，兩個青年囚犯當著獄卒不在面前的時候，隔著鐵門的對話。看他們的樣子，好像是最近被宣告有反動行為判處徒刑的兩個大學生。罪本不重，人又很斯文，所以獄卒也不很嚴厲地監視他們。但依

法，他們是不許談話的。他們日間的勞工只是抄寫，所以比其餘的囚徒較為安適。在回監的時候，他們常偷偷地低談。獄卒看見了，有時也干涉了下，但不像對待別的囚徒用法權來制止他們。他們的囚號一個是九五四，一個是九五一。

「你方才說這城關閉了十幾天是從哪裡得來的消息？我有親戚在城裡，不曉得他們現在怎樣？」他說時，現出很憂慮的樣子。

九五四回答說，「今天獄吏叫我到病監裡去替一個進監不久卻病得很沉重的囚犯記錄些給親屬的遺言，這消息是從他那聽來的。」

「那是一個什麼人？」九五一問。

「一個平常的農人罷。」

「犯了什麼事？」

九五四搖搖頭說：「還不是經濟問題？在監裡除掉一、兩個像我們犯的糊塗罪名以外，誰不都是為飲食和男女嗎？說來他的事情也很有趣。我且把從他和從別的獄卒聽來的事情慢慢地說給你聽吧。」

「這城關了十幾天，城裡的糧食已經不夠三天的用度，於是司令官不得不偷偷地把西門開了一會，放些難民出城，不然城裡不用外攻，便要內訌了。據他說，那天開城是在天未亮的時候，出城的人不許多帶東西，也不許聲張，更不許打著燈籠。城裡的人得著開城的消息，在前一晚上，已經

有人抱著孩子，背著包袱，站在城門洞等著。好容易三更盼到四更，四更盼到五更，城門才開了半扇，這一開，不說腳步的聲音，就是喘氣的聲音也足以賽過飛機。不許聲張，成嗎？」

「天已經快亮了。天一亮，城門就要再關閉的。再一關閉，什麼時候會再開，天也不知道。因為有這樣的顧慮，那班灰貓真得拚命地擠。他現在名字是『九九九』，我就管他叫『九九九』吧。原來『九九九』也是一隻逃難的灰貓，他也跟著人家擠。他胸前是一個女人，雙手高舉著一個包袱。他背後又是黑壓壓的一大群。誰也看不清是誰，誰也聽不清誰的聲音。為丟東西而哭的，更不能遵守那靜默的命令，所以在黑暗中，只聽見許多悲慘的嚷聲」

「他前頭那女人忽然回頭把包袱遞給他說，『大嫂，你先給我拿著吧，我的孩子教人擠下去了。』他好容易伸出手來，接著包袱，只聽見那女人連哭帶嚷說，『別擠啦！擠死人啦！我的孩子在底下哪！別擠啦！踩死人啦！』人們還是沒見，照樣地向前擠，擠來擠去，那女人的哭聲也沒有了，她的影兒也不見了。九九九頂著兩個包袱，自己的腳不自由地向著抵抗力最弱的前方進步，好容易才出了城。」

「他手裡提著一個別人的和一個自己的包袱，站在橋頭眾人必經之地守望著。但交給誰呢？他又不認得。等到天亮，至終沒有女人來問他要哪個包袱。」

「城門依然關閉了，作戰的形勢忽然緊張起來，飛機的
聲音震動遠近。他慢慢走，直到看見飛機的炸彈遠遠掉在城
裡的黨旗臺上爆炸了，才不得不拚命地逃。他在歧途上，四
顧茫茫，耳目所觸都是炮煙彈響，也不曉得要往哪裡去。還
是照著原先的主意回本村去吧。他說他也三、四年沒回家，
家裡也二、四年沒信了。」

「他背著別人的包袱像是自己的一樣，唯恐兵或匪要來
充主人硬領回去。一路上小心，走了一天多才到家。但他的
村連年鬧的都是兵來匪去，匪來兵去這一套『出將入相』的
戲文。家呢？只是一片瓦礫場，認不出來了。田地呢？一溝
一溝的水，由戰壕一變而為運糧河了。妻子呢？不見了！可
是村裡還剩下斷垣裂壁的三、兩家和枯枝零落幾棵樹，連老
鴉也不在上頭歇了。他正在張望徘徊的時候，一個好些年沒
見面的老婆婆從一間破房子出來。老婆婆是他的堂大媽，對
他說他女人前年把田地賣了幾百塊錢帶著孩子往城裡找他去
了。據他大媽說賣田地是他媳婦接到他的信說要在城裡開小
買賣，教她賣了，全家搬到城裡住。他這才知道他妻子兩年
來也許就與他同住在一個城裡。心裡只詫異著，因為他並沒
寫信回來教賣田，其中必定另有原故。他盤究了一、兩句，
老婆婆也說不清，於是他便找一個僻靜的地方，打開包袱一
看，三件女衣兩條褲子，四五身孩子衣服，還有一本小摺子
兩百塊現洋，和一包銀票同包在一條小手巾裡面。『有錢！

天賜的呀！』他這樣想。但他想起前幾天晚間在城門洞接到包袱時候的光景，又想著這恐怕是孤兒寡婦的錢嗎。占為己有，恐怕有點不對，但若不占為己有，又當交給誰呢？想來想去，拿起小摺子翻開一看，一個字也認不得。村裡兩、三家人都沒有一個人認得字。他想那定是天賜的了，也許是因為妻子把他的產業和孩子帶走，跟著別的男人過活去了，天才賜這一注橫財來幫補幫補。『得，我未負人，人卻負我』，他心裡自然會這樣想。他想著他許老天爺為憐憫他，再送一份財禮給他，教他另娶吧。他在村裡住了幾天，聽人說城裡已經平復，便想著再回到城裡去。」

　　「城已經被攻破了，前半個月那種恐慌漸漸地被人忘卻。九九九本來是在一個公館裡當園丁，這次回來，主人已經回籍，目前不能找到相當的事，便在一家小客棧住下。」

　　「慣於無中生有的便衣偵探最注意的是小客棧，下處，酒樓等等地方。他們不管好歹，凡是住棧房的在無論什麼時候，都有盤查的必要，九九九在自己屋裡把包袱裡的小手巾打開，拿出摺子來翻翻，還是看不懂。放下摺子，拿起現洋和鈔票一五一十這樣地數著，一共數了一千二百多塊錢。這個他可認識，不由得心裡高興，幾乎要嚷出來。他的錢都是進一個出一個的，那裡禁得起發這一注橫財。他攏了一把銀子和一疊鈔票往口袋裡塞，想著先到街上吃一頓好館子。有一千多塊錢，還捨不得吃嗎？得，吃飽了再說。反正有錢，

就是妻子跟人跑了也不要緊。他想著大吃一頓可以消滅他過去的憂鬱，可以發揚他新得的高興。他正在把銀子包在包袱裡預備出門的時候，可巧被那眼睛比蒼蠅還多的便衣偵探瞥見了。他開始被人注意，自己卻不知道。」

「九九九先到估衣鋪，買了一件很漂亮的青布大衫罩在他的破棉襖上頭。他平時聽人說同心樓是城裡頂闊的飯莊，連外國人也常到那裡去吃飯，不用細想，自然是到那裡去吃一頓飽，也可以借此見見世面。他雇一輛車到同心樓去，他問夥計頂貴的菜是什麼。夥計以為他是打哈哈，信口便說十八塊的燕窩，十四塊的魚翅，二十塊的熊掌，十六塊的鮑魚，……說得天花亂墜。他只懂得燕窩魚翅是貴菜，所以對夥計說，『不管是燕窩，是魚翅，是鮑魚，是銀耳，你只給做四盤一湯頂貴的菜來下酒。』『頂貴的菜，現時得不了，您哪，您要，先放下定錢，今晚上來吃罷。現在隨便吃吃得啦。』夥計這樣說。『好罷。你要多少定錢？』他一面說一面把一疊鈔票掏出來。夥計給他一算，說『要吃頂好的四盤一湯合算起來就得花五十二塊，您哪。多少位？』他說一句『只我一個人！』便拿了六張十圓鈔票交給夥計，另外點了些菜吃。那頭一頓就吃了十幾塊錢，已經撐得他飽飽地。肚子裡一向少吃油膩，加以多吃，自是不好過。回到客棧，躺了好幾點鐘，肚子裡頭怪難受，想著晚上不去吃罷，錢又已經付了，五十三塊可不是少數，還是去罷。」

「吃了兩頓貴菜，可一連瀉了好幾天。他吃病了。最初捨不得花錢，找那個大夫也沒把他治好。後來進了一個小醫院，在那裡頭又住了四、五天。他正躺在床上後悔，門便被人推開了。進來兩個巡警，一個問『你是汪綬嗎？』『是。』他毫不驚惶地回答。一個巡警說：『就是他，不錯，把他帶走再說吧。』他們不由分說，七手八腳，給那病人一個五花大綁，好像要押赴刑場似的，旁人都不曉得是怎麼一回事，也不便打聽，看著他們把他扶上車一直地去了。」

「由發橫財的汪綬一變而為現在的九九九的關鍵就在最後的那一番。他已經在不同的衙門被審過好幾次，最後連賊帶證被送到地方法院刑庭裡。在判他有罪的最後一庭，推事問他錢是不是他的，或是他搶來的。他還說是他的。推事問『既是你的，一共有多少錢？』他回答一共有一千多。又問『怎樣得的那麼些錢？你不過是個種園子的？』」

「『種地的錢積下來的。』他這樣回答。推事問『這摺子是你的嗎？』他見又問起那摺子，再也不能撒謊了，他只靜默著。推事說：『憑這招子就可以斷定不是你的錢，摺子是姓汪的倒不錯，可不是叫汪綬。你老實說罷。』他不能再瞞了，他本來不曉得欺瞞，因為他覺得他並沒搶人，也沒騙人，不過叫最初審的問官給他打怕了，他只能定是他自己的，或是搶人家的，若說是撿的或人家給的話，當然還要挨打。他曾一度自認是搶來的。幸而官廳沒把他馬上就槍斃，

也許是因為沒有事主出來證明罷。推事也疑惑他不是搶來的，所以還不用強烈的話來逼迫他。後來倒是他自己說了真話。推事說『你受人的寄託，縱使物主不來問你要，也不能算為你自己的。』『那麼我當交給誰呢？放在路邊嗎？交給別人嗎？物主只有一個，他既不來取回去，我自然得拿著。錢在我手裡那麼久，既然沒有人來要，豈不是一注天財嗎？』推事說，『你應當交給巡警。』他沉思了一會，便回答說，『為什麼要交給巡警呢？巡警也不是物主呀。』」

九五一點頭說：「可不是！他又沒受過公民教育，也不知道什麼叫法律。現在的法律是仿效羅馬法為基礎的西洋法律，用來治我們這班久經浸潤於人情世道的中國人，那豈不是頂滑稽的事嗎？依我們的人情和道理說來，拾金不昧固然是美德，然而要一個衣食不豐，生活不裕，知識不足的常人來做，到的很勉強。郭巨掘地得金，並沒看見他去報官，除袁子才以外，人都讚他是行孝之報。九九九並不是沒等，等到不得不離開那城的時候才離開，已算是賢而又賢的人了，何況他回家又遇見那家散人亡的慘事。手裡所有的錢財自然可以使他因安慰而想到是天所賞賜。也許他曾想過這老天爺藉著那婦人的手交給他的。」

九五四說，「他自是這樣想。但是他還沒理會『竊鉤者誅，竊國者侯』這句格言在革命時代有時還可以應用得著。在無論什麼時候，凡有統治與被治兩種階級的社會，就許大

掠不許小掠，許大竊不許小竊，許大取不許小取。他沒能
力行大取，卻來一下小取，可就活該了。推事判他一個侵占
罪，因為情有可原，處他三年零六個月的徒刑，賊物牌示候
領。這就是九九九到這裡來的原委。」

九五一問，「他來多久了？」

「有兩個星期了罷。剛來的時候，還沒病得這麼厲害。
管他的獄卒以為他偷懶，強迫他做苦工。不到一個星期就不
成了，不得已才把他送到病監去。」

九五一發出同情的聲音低低地說，「咳，他們每以為初
進監的囚犯都是偷懶裝病的，這次可辦錯了。難道他們辦錯
事，就沒有罪嗎？哼！」

九五四還要往下說，驀然看見獄卒的影兒，便低聲說，
「再談罷，獄卒來了。」他們各人坐在囚床上，各自裝做看善
書的樣子。一會，封了門，他們都得依法安睡。除掉從監外
的墳堆送來繼續的蟋蟀聲音以外，在監裡，只見獄裡的邏卒
走來走去，一切都靜默了。

獄中的一個星期像過得很慢，可是九九九已於昨晚上氣
絕了。九五四在他死這前一天還被派去謄錄他入獄後的報
告。那早晨獄卒把屍身驗完，便移到屍房去預備入殮，正在
忙的時候，一個女人連嚷帶哭他說要找汪綬。獄卒說，「汪
綬昨晚上剛死掉，不能見了」。女人更哭得厲害，說汪綬是
她的丈夫。典獄長恰巧出來，問明情由，便命人帶他到辦公

室去細問她。

　　她說丈夫汪綏已經出門好幾年了。前年家裡鬧兵鬧匪，忽然接到汪綏的信，叫把家產變賣同到城裡做小買賣。她於是賣得幾百塊錢，帶著一個兩歲的孩子到城裡來找他。不料來到城裡才知道被人暗算了，是同村的一個壞人想騙她出來，連人帶錢騙到關東去。好在她很機靈，到城裡一見不是本夫，就要給那人過不去。那人因為騙不過，便逃走了。她在城裡，人面生疏怎找也找不著她丈夫。有人說他當兵去了，有人說他死了，壞人才打那主意。因此她很失望地就去給人做針黹活計，洗衣服，慢慢也會用錢去放利息，又曾加入有獎儲蓄會，給她得了幾百塊錢獎，總共算起來連本帶利一共有一千三百多塊。往來的帳目都用她的孩子汪富兒的名字寫在摺子上頭。據她說前幾個月城裡鬧什麼監元帥和醬元帥打仗，把城裡家家的飯鍋幾乎都砸碎了。城關了好幾十天，好容易聽見要開城放人。她和同院住的王大嫂於是把錢都收回來，帶著孩子跟著人擠，打算先回村裡躲躲。不料城門非常擁擠，把孩子擠沒了。她急起來，不知把包袱交給了誰，心裡只記得是交給王大嫂。至終孩子也沒找著，王大嫂和包袱也丟了。城門再關的時候，他還留在門洞裡。到逃難的人們全被轟散了，她才看見地下血跡模糊，衣服破碎，那種悲慘情形，實在難以形容。被踹死的不止一個孩子，其餘老的幼的還有好些。地面上的巡警又不許人搶東西，到底她

的孩子還有沒有命雖不得而知，看來多半也被踹死了。她至終留在城裡，身邊只剩幾十塊錢。好幾個星期過去，一點消息也沒有，急得她幾乎發狂。有一天，王大嫂回來了。她問要包袱。王大嫂說她們彼此早就擠散了，哪裡見她的包袱。兩個人爭辯了好些時，至終還是到法庭去求解決。法官自然把王大嫂押起來，等候證據充足，才宣告她的罪狀。可惜她的案件與汪綏的案件不是同一個法官審理的。她報的錢財數目是一千三百塊，把摺子的名字寫做汪扶爾。她也不曉得她丈夫已改名叫汪綏，只說他的小名叫大頭。這一來，弄得同時審理的兩樁異名同事的案子湊不在一起。前天同院子一個在高等法院當小差使的男子把報上的法庭判辭和招領報告告訴她，她才知道當時恰巧抱包袱交給她大夫，她一聽見這消息，立刻就到監裡。但是那天不是探望囚犯的日子，她怎樣央告，守門的獄卒也不理她，他們自然也不曉得這場冤枉事和她丈夫的病態，不通融辦理，也是應當的。可惜他永遠不知道那是他自己的錢哪！前天若能見著她，也許他就不會死了。

　　典獄長聽她分訴以後，也不禁長嘆了一聲。說，「你們都是很可憐的。現在他已經死了，你就到法院去把錢領回去吧。法官並沒冤枉他。我們辦事是依法處理的，就是據情也不會想到是他自己妻子交給他的包袱。你去把錢領回來，除他用了一百幾十元以外，有了那麼些錢，還怕養你不活

嗎？」典獄長用很多好話來安慰她，好容易把她勸過來。婦人要去看屍首，便即有人帶她去了。

　　典獄長轉過身來，看見公案上放著一封文書。拆開一看，原來是慶祝什麼戰勝特赦犯人的命令和名單，其中也有九五四和九五一的號頭。他伏在案上劃押，屋裡一時都靜默了。硯臺上的水光反射在牆上掛著那幅西洋正義的女神的臉。門口站著一個聽差的獄卒，也靜靜地望著那蒙著眼睛一手持劍一手持秤的神像。監外墳堆裡偶然又送些斷續的蟲聲到屋裡來。

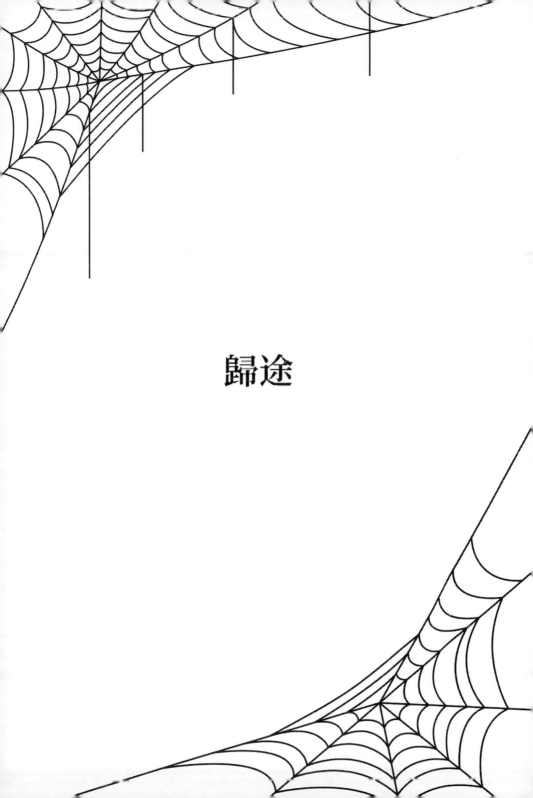

歸途

　　她坐在廳上一條板凳上頭，一手支頤，在那里納悶。這是一家傭工介紹所。已經過了糖瓜祭灶的日子，所有候工的女人們都已回家了，唯獨她在介紹所裡借住了二十幾天，沒有人雇她，反欠下媒婆王姥姥十幾弔錢。姥姥從街上次來，她還坐在那裡，動也不動一下，好像不理會的樣子。

　　王姥姥走到廳上，把買來的年貨放在桌上，一面把她的圍脖取下來，然後坐下，喘幾口氣。她對那女人說：「我說，大嫂，後天就是年初一，個人得打個人的主意了。你打算怎辦呢？你可不能在我這兒過年，我想你還是先回老家，等過了元宵再來罷。」

　　她驀然聽見王姥姥這些話，全身直像被冷水澆過一樣，話了說不出來。停了半晌，眼眶一紅，才說：「我還該你的錢哪。我身邊一個大子也沒有，怎能回家呢？若不然，誰不想回家？我已經十一、二年沒回家了。我出門的時候，我的大妞兒才五歲，這麼些年沒見面，她爹死，她也不知道，論理我早就該回家看看。無奈……」她的喉嚨受不了傷心的衝激，至終不能把她的話說完，只把淚和涕來補足她所要表示的意思。

　　王姥姥雖想攆她，只為十幾弔錢的債權關係，怕她一去不回頭，所以也不十分壓迫她。她到裡間，把身子倒在冷炕上頭，繼續地流她的苦淚。淨哭是不成的，她總得想法子。她爬起來，在炕邊拿過小包袱來，打開，翻翻那幾件破衣

服。在前幾年，當她隨著丈夫在河南一個地方的營盤當差的時候，也曾有過好幾件皮襖。自從編遣的命令一下，凡是受編遣的就得為他的職業拚命。她的丈夫在鄭州那一仗，也隨著那位總指揮亡於陣上。敗軍的眷屬在逃亡的時候自然不能多帶行李。她好容易把些少細軟帶在身邊，日子就靠著零當整賣這樣過去。現在她什麼都沒有了，只剩下當日丈夫所用的一把小手槍和兩顆槍子。許久她就想著把它賣出去，只是得不到相當的人來買。此外還有丈夫剩下的一件軍裝大氅和一頂三塊瓦式的破皮帽。那大氅也就是她的被窩，在嚴寒時節，一刻也離不了它。她自然不敢教人看見她有一把小手槍，拿出來看一會，趕快地又藏在那件破大氅的口袋裡頭。小包袱裡只剩下幾件破衣服，賣也賣不得，吃也吃不得。她嘆了一聲，把它們包好，仍舊支著下巴顎納悶。

黃昏到了，她還坐在那冷屋裡頭。王姥姥正在明間做晚飯，忽然門外來了一個男人。看他穿的那件鑲紅邊的藍大褂，可以知道他是附近一所公寓的聽差。那人進了屋裡，對王姥姥說，「今晚九點左右去一個。」

「誰要呀？」王姥姥問。

「陳科長。」那人回答。

「那麼，還是找鶯喜去罷。」

「誰都成，可別誤了。」他說著，就出門去了。

她在屋裡聽見外邊要一個人，心裡暗喜說，天爺到底不

絕人的生路，在這時期還留給她一個吃飯的機會。她走出來，對王姥姥說：「姥姥，讓我去罷。」

「你哪兒成呀？」王姥姥冷笑著回答她。

「為什麼不成呀？」

「你還不明白嗎？人家要上炕的。」

「怎樣上炕呢？」

「說是呢！你一點也不明白！」王姥姥笑著在她的耳邊如此如彼解釋了些話語，然後說：「你就要，也沒有好衣服穿呀。就是有好衣服穿，你也得想想你的年紀。」

她很失望地走回屋裡。拿起她那缺角的鏡子到窗邊自己照著。可不是！她的兩鬢已顯出很多白髮，不用說額上的皺紋，就是顴骨也突出來像懸崖一樣了。她不過是四十二、三歲人，在外面隨軍，被風霜磨盡她的容光，黑滑的鬆髻早已剪掉，剩下的只有滿頭短亂的頭髮。剪髮在這地方只是太太、少奶、小姐們的時裝，她雖然也當過使喚人的太太，只是要給人傭工，這樣的裝扮就很不合適，這也許是她找不著主的緣故罷。

王姥姥吃完晚飯就出門找人去了。姥姥那套咬耳朵的話倒啟示了她一個新意見。她拿著那條凍成一片薄板樣的布，到明間白爐子上坐著的那盆熱水燙了一下。她回到屋裡，把自己的臉勻勻地擦了一回，瘦臉果然白淨了許多。她打開炕邊一個小木匣，拿起一把缺齒的木梳，攏攏頭髮。粉也沒

了，只剩下些少填滿了匣子的四個犄角。她拿出匣子裡的東西，用一根簪子把那些不很白的剩粉剔下來，倒在手上，然後往臉上抹。果然還有三分姿色，她的心略為開了。她出門回去偷偷地把人家剛貼上的春聯撕了一塊；又到明間把燈罩積著的煤煙刮下來。她醮溼了紅紙來塗兩腮和嘴唇，用煤煙和著一些頭油把兩鬢和眼眉都塗黑了。這一來，已有了六七分姿色。心裡想著她蠻可以做上炕的活。

王姥姥回來了。她趕緊迎出來，問她，她好看不好看。王姥姥大笑說：「這不是老妖精出現麼！」

「難看麼？」

「難看倒不難看，可是我得找一個五六十歲的人來配你。哪兒找去？就使有老頭兒，多半也是要大姑娘的。我勸你死心罷，你就是倒下去，也沒人要。」

她很失望地又回到屋裡來，兩行熱淚直滾出來，滴在炕席上不久就凝結了，沒廉恥的事情，若不是為饑寒所迫，誰願意幹呢？若不是年紀大一點，她自然也會做那生殖機能的買賣。

她披著那件破大氅，躺在炕上，左思右想，總得不著一個解決的方法。夜長夢短，她只睜著眼睛等天亮。

二十九那天早晨，她也沒吃什麼，把她丈夫留下的那頂破皮帽戴上，又穿上那件大氅，乍一看來，可像一個中年男子。她對王姥姥說：「無論如何，我今天總得想個法子得一

點錢來還你。我還有一、兩件東西可以噹噹，出去一下就回來。」王姥姥也沒盤問她要當的是什麼東西，就滿口答應了她。

她到大街上一間當鋪去，問夥計說：「我有一件軍裝，您櫃上當不當呀？」

「什麼軍裝？」

「新式的小手槍。」她說時從口袋裡掏出那把手槍來。掌櫃的看見她掏槍，嚇得趕緊望櫃下躲。她說：「別怕，我是一個女人，這是我丈夫留下的，明天是年初一，我又等錢使，您就當週全我，當幾塊錢使使罷。」

夥計和掌櫃的看她並不像強盜，接過手槍來看看。他們在鐵檻裡唧唧咕咕地商議了一會。最後由掌櫃的把槍交回她，說：「這東西櫃上可不敢當。現在四城的軍警查得嚴，萬一教他們知道了，我們還要擔干係。你拿回去罷。你拿著這個，可得小心。」掌櫃的是個好人，才肯這樣地告訴她，不然他早已按警鈴叫巡警了。無論她怎樣求，這買賣櫃上總不敢做，她沒奈何只得垂著頭出來。幸而她旁邊沒有暗探和別人，所以沒有人注意。

她從一條街走過一條街，進過好幾家當鋪也沒有當成。她也有一點害怕了。一件危險的軍器藏在口袋裡，當又當不出去，萬一給人知道，可了不得。但是沒錢，怎好意思回到介紹所去見王姥姥呢？她一面走一面想，最後決心一說，

不如先回家再說罷。她的村莊只離西直門四十里地，走路半天就可以到。她到西四牌樓，還進過一家當舖，還是當不出去，不由得帶著失望出了西直門。

　　她走到高亮橋上，站了一會。在北京，人都知道有兩道橋是窮人的去路，犯法的到天橋去，活膩了的到高亮橋來。那時正午剛過，天本來就陰暗，間中又飄了些雪花，橋底水都凍了。在河當中，流水隱約地在薄冰底下流著。她想著，不站了罷，還是往前走好些。她有了主意，因為她想起那十二年未見面的大妞兒現在已到出門的時候了，不如回家替她找個主兒，一來得些財禮，二來也省得累贅。一身無罣礙，要往前走也方便些。自她丈夫被調到鄭州以後，兩年來就沒有信寄回鄉下。家裡的光景如何？女兒的前程怎樣？她自都不曉得。可是她自打定了回家嫁女兒的主意以後，好像前途上又為她露出一點光明，她於是帶著希望在向著家鄉的一條小路走著。

　　雪下大了。荒涼的小道上，只有她低著頭慢慢地走，心裡想著她的計劃。迎面來了一個青年婦人，好像是趕進城買年貨的。她戴著一頂寶藍色的帽子，帽上還安上一片孔雀翎；穿上一件桃色的長棉袍；腳的下穿著時式的紅繡鞋。這青年婦女從她身邊閃過去，招得她回頭直望著她。她心裡想，多麼漂亮的衣服呢，若是她的大妞兒有這樣一套衣服，那就是她的嫁妝了。然而她哪裡有錢去買這樣時樣的衣服呢？她心

裡自己問著，眼睛直盯在那女人的身上。那女人已經離開她
四五十步遠近，再拐一個彎就要看不見了。她看四圍一個人
也沒有，想著不如搶了她的，帶回家給大妞兒做頭面。這個
念頭一起來，使她不由回頭追上前去，用粗厲的聲音喝著：
「大姑娘，站住，你那件衣服借我使使罷。」那女人回頭看見
她手裡拿著槍，恍惚是個軍人，早已害怕得話都說不出來，
想要跑，腿又不聽使，她只得站住，問：「你要什麼？」

「我什麼都不要。快把衣服，帽子，鞋，都脫下來。身
上有錢都得交出來，手鐲、戒指、耳環，都得交我。不然，
我就打死你。快快，你若是嚷出來，我可不饒你。」

那女人看見四圍一個人也沒有，嚷出來又怕那強盜真個
把她打死，不得已便照她所要求的一樣一樣交出來。她把衣
服和財物一起捲起來，取下大氅的腰帶束上，往北飛跑。

那女人所有的一切東西都給剝光了，身上只剩下一套單
衣褲。她坐在樹根上直打抖擻，差不多過了二十分鐘才有一
個騎驢的人從那道上經過。女人見有人來，這才嚷救命。驢
兒停止了。那人下驢，看見她穿著一身單衣褲。問明因由，
便仗著義氣說：「大嫂，你別傷心，我替你去把東西追回
來。」他把自己披著的老羊皮筒脫下來扔給她，「你先披著
這個罷，我騎著驢去追她，一會兒就回來。那兔強盜一定走
得不很遠，我一會就回來，你放心吧。」他說著，鞭著小驢
便往前跑。

她已經過了大鐘寺，氣喘喘地冒著雪在小道上竄。後面有人追來，直嚷：「站住，站住。」她回頭看看，理會是來追她的人，心裡想著不得了，非與他拚命不可。她於是拿出小手槍來，指著他說：「別來，看我打死你。」她實在也不曉得要怎辦，姑且把槍比仿著。驢上的人本來是趕腳的，他的年紀才二十一、二歲，血氣正強，看見她拿出槍來，一點也不害怕，反說：「瞧你，我沒見過這麼小的槍。你是從市場裡的坑意鋪買來瞎唬人，我才不怕哪。你快把人家的東西交給我罷，不然，我就把你捆上，送司令部，槍斃你。」

　　她聽著一面望後退，但驢上的人節節迫近前，她正在急的時候，手指一攣，無情的槍子正穿過那人的左胸，那人從驢背掉下來，一聲不響，軟軟地攤在地上。這是她第一次開槍，也沒瞄準，怎麼就打中了！她幾乎不信那驢夫是死了，她覺得那槍的響聲並不大，真像孩子們所玩的一樣，她慌得把槍扔在地上，急急地走進前，摸那驢夫胸口，「呀，了不得！」她驚慌地嚷出來，看著她的手滿都是血。

　　她用那驢夫衣角擦淨她的手，趕緊把驢拉過來，把剛才搶得的東西夾上驢背，使勁一鞭，又望北飛跑。

　　一刻鐘又過去了。這裡坐在樹底下披著老羊皮的少婦直等著那驢夫回來。一個剃頭匠挑著擔子來到跟前。他也是從城裡來，要回家過年去。一看見路邊坐著的那個女人，便問：「你不是劉家的新娘子麼！怎麼大雪天坐在這裡？」女

人對他說剛才在這裡遇著強盜。把那強盜穿的什麼衣服，什麼樣子，一一地告訴了他。她又告訴他本是要到新街口去買些年貨，身邊有五塊現洋，都給搶走了。

這剃頭匠本是她鄰村的人，知道她最近才做新娘子。她的婆婆欺負她外家沒人，過門不久便虐待她到不堪的地步。因為要過新年，才許她穿戴上那套做新娘時的衣帽，交給她五塊錢，叫她進城買東西。她把錢丟了，自然交不了差，所以剃頭匠便也仗著義氣，允許上前追盜去。他說：「你別著急，我去看看到底是怎麼一回事。」他說著，把擔放在女人身邊，飛跑著望北去了。

剃頭匠走到剛才驢夫喪命的地方，看見地下躺著一個人。他俯著身子，搖一搖那屍體，驚惶地嚷著：「打死人了！鬧人命了！」他還是望前追，從田間的便道上趕上來一個巡警。郊外的巡警本來就很少見，這一次可碰巧了。巡警下了斜坡，看見地下死一個人，心裡斷定是前頭跑著的那人幹的事。他於是大聲喝著：「站住，往哪裡跑呢，你？」

他驀然聽見有人在後面叫，回頭看是個巡警，就住了腳，巡警說：「你打死人，還望哪裡跑？」

「不是我打死的，我是追強盜的。」

「你就是強盜，還追誰呀？得，跟我到派出所回話去。」巡警要把他帶走。他多方地分辯也不能教巡警相信他。

他說：「南邊還有一個大嫂在樹底下等著呢，我是剃頭

匠，我的擔子還撂在那裡呢，你不信，跟我去看看。」

巡警不同他去追賊，反把他擴住，說：「你別廢話啦，你就是現行犯，我親眼看著，你還賴什麼？跟我走吧。」他一定要把剃頭的帶走。剃頭匠便求他說，「難道我空手就能打死人嗎？您當官明理，也可以知道我不是凶手。我又不搶他的東西，我為什麼打死他呀？」

「哼，你空手？你不會把槍扔掉嗎？我知道你們有什麼冤仇呢？反正你得到所裡分會去。」巡警忽然看見離屍體不遠處有一把浮現在雪上的小手槍，於是進前去，用法繩把它拴起來，回頭向那人說：「這不就是你的槍嗎？還有什麼可說麼？」他不容分訴，便把剃頭匠帶往西去。

這搶東西的女人，騎在驢上飛跑著，不覺過了清華園三四里地。她想著後面一定會有人來迫，於是下了驢，使勁給它一鞭。空驢望北一直地跑，不一會就不見了，她抱著那卷臟物，上了斜坡，穿入那四圍滿是稠密的杉松的墓田裡。在墳堆後面歇著，她慢慢地打開那件桃色的長袍，看看那寶藍色孔雀翎帽，心裡想著若是給大妞兒穿上，必定是很時樣。她又拿起手鐲和戒指等物來看，雖是銀的，可是手工很好，絕不是新打的。正在翻弄，忽然像感觸到什麼一樣，她盯著那銀鐲子，像是以前見過的花樣。那不是她的嫁妝嗎？她越看越真，果然是她二十多年前出嫁時陪嫁的東西，因為那鐲上有一個記號是她從前做下的。但是怎麼流落在那女人

手上呢？這個疑問很容易使她想那女人莫不就是她的女兒。那東西自來就放在家裡，當時隨丈夫出門的時候，婆婆不讓多帶東西，公公喜歡熱鬧，把大妞兒留在身邊。不到幾年兩位老親相繼去世。大妞兒由她的嬸嬸撫養著，總有五、六年的光景。

她越回想越著急。莫不是就搶了自己的大妞兒？這事她必要根究到底。她想著若帶回家去，萬一就是她女兒的東西，那又多麼難為情。她本是為女兒才做這事來，自不能教女兒知道這段事情。想來想去，不如送回原來搶她的地方。

她又望南，緊緊地走。路上還是行人稀少，走到方才打死的驢夫那裡，她的心驚跳得很厲害，那時雪下得很大，幾乎把屍首掩沒了一半。她想萬一有人來，認得她，又怎辦呢？想到這裡，又要回頭望北走。躊躇了很久，至終把她那件男裝大氅和皮帽子脫下來一起扔掉，回覆她本來的面目，帶著那些東西望南邁步。

她原是要把東西放在樹下過一夜，希望等到明天，能夠遇見原主回來，再假說是從地下撿起來的。不料她剛到樹下，就見那青年的婦人還躺在那裡，身邊放著一件老羊皮，和一挑剃頭擔子，她不明白是什麼意思，只想著這個可給她一個機會去認認那女人是不是她的大妞兒。她不顧一切把東西放在一邊，進前幾步，去搖那女人。那時天已經黑了，幸而雪光映著，還可以辨別遠近。她怎麼也不能把那女人搖

醒，想著莫不是凍僵了？她撿起羊皮給她蓋上。當她的手摸到那女人的脖子的時候，觸著一樣東西，拿起來看，原來是一把剃刀。這可了不得，怎麼就抹了脖子啦！她抱著她的脖子也不顧得害怕，從雪光中看見那副清秀的臉龐，雖然認不得，可有七八分像她初嫁時的模樣。她想起大妞兒的左腳有個駢趾，於是把那屍體的襪子除掉，試摸著看。可不是！她放聲哭起來，「兒呀」，「命呀」，雜亂地喊著。人已死了，雖然夜裡沒有行人，也怕人聽見她哭，不由得把聲音止住。

東村稀落的爆竹斷續地響，把這除夕在淒涼的情境中送掉。無聲的銀雪還是飛滿天地，老不停止。

第二天就是元旦，巡警領著檢察官從北來。他們驗過驢夫的屍，帶著那剃頭的來到樹下。巡警在昨晚上就沒把剃頭匠放出來，也沒來過這裡，所以那女人用剃刀抹脖子的事情，他們都不知道。

他們到樹底下，看見剃頭擔子還放在那裡，已被雪埋了一二寸。那邊一個四十多歲的女人摟著那剃頭匠所說被劫的新娘子。雪幾乎把她們埋沒了。巡警進前搖她們，發現兩個人的脖子上都有刀痕。在積雪底下搜出一把剃刀。新娘子的桃色長袍仍舊穿得好好地；寶藍色孔雀翎帽仍舊戴著；紅繡鞋仍舊穿著。在不遠地方的雪堆裡，撿出一頂破皮帽，一件灰色的破大氅。一班在場的人們都莫名其妙，面面看相，靜默了許久。

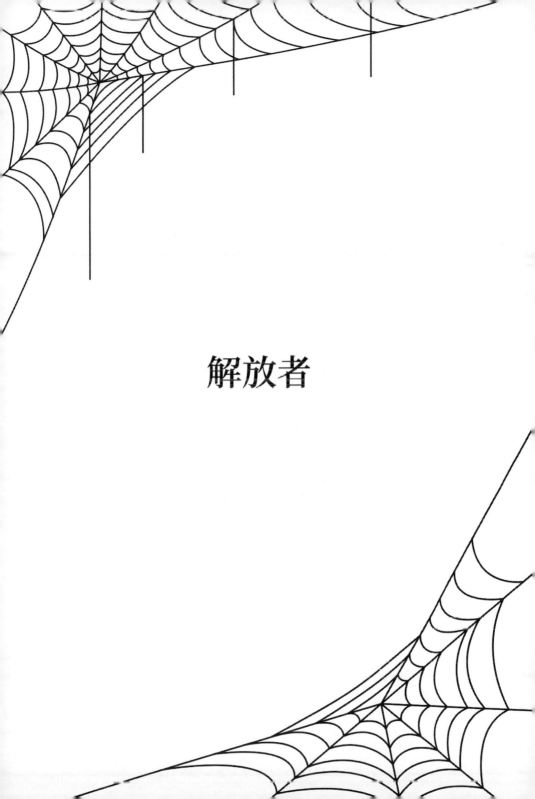

解放者

　　他原是武清的警察，因為辦事認真，局長把他薦到這城來試當一名便衣警察。看他清秀的面龐，合度的身材，和聽他溫雅的言辭，就知道他過去的身世。有人說他是世家子弟，因為某種事故，流落在北方，不得已才去當警察。站崗的生活，他已度過八、九年，在這期間，把他本來的面目改變了不少。便衣警察是他的新任務，對於應做的偵察事情自然都要學習。

　　大碗居里頭靠近窗戶的座，與外頭紹慈所占的只隔一片紙窗。那裡對坐著男女二人，一面吃，一面談，幾乎忘記了他們在什麼地方。因為街道上沒有什麼新鮮的事情，紹慈就轉過來偷聽窗戶裡頭的談話。他聽見那男子說：「世雄簡直沒當你是人。你原先為什麼跟他在一起？」那女子說：「說來話長。我們是舊式婚姻，你不知道嗎？」他說：「我一向不知道你們的事，只聽世雄說他見過你一件男子所送的東西，知道你曾有過愛人，但你始終沒說出是誰。」

　　這談話引起了紹慈的注意。從那二位的聲音聽來，他覺得像是在什麼地方曾經認識的人。他從紙上的小玻璃往裡偷看一下。原來那男子是離武清不遠一個小鎮的大悲院的住持契默和尚。那女子卻是縣立小學的教員。契默穿的是平常的藍布長袍，頭上沒戴什麼，雖露光頭，卻也顯不出是個出家人的模樣。大概他一進城便當還俗吧。那女教員頭上梳著琵琶頭，灰布袍子，雖不入時，倒還優雅。紹慈在縣城當差的

時候常見著她，知道她的名字叫陳邦秀。她也常見紹慈在街上站崗，但沒有打過交涉，也不知道她的名字。

紹慈含著煙卷，聽他們說下去。只聽邦秀接著說：「不錯，我是藏著些男子所給的東西，不過他不是我的愛人。」她說時，微嘆了一下。契默還往下問。她說：「那人已經不在了。他是我小時候的朋友，不，寧可說是我的恩人。今天已經講開，我索性就把原委告訴你。」

「我原是一個孤女，原籍廣東，哪一縣可記不清了。在我七歲那年，被我的伯父賣給一個人家。女主人是個鴉片鬼，她睡的時候要我捶腿搔背，醒時又要我打煙泡，做點心，一不如意便是一頓毒打。那樣的生活過了三、四年。我在那家，既不曉得尋死，也不能夠求生，真是痛苦極了。有一天，她又把我虐待到不堪的地步，幸虧前院同居有位方少爺，乘著她鴉片吸足在床上沉睡的時候，把我帶到他老師陳老師那裡。我們一直就到輪船上，因為那時陳老師正要上京當小京官，陳老師本來知道我的來歷，任從方少爺怎樣請求，他總覺得不妥當，不敢應許我跟著他走。幸而船上敲了鑼，送客的人都紛紛下船，方少爺忙把一個小包遞給我，雜在人叢中下了船。陳老師不得已才把我留在船上，說到香港再打電報教人來帶我回去。一到香港就接到方家來電請陳老師收留我。」

「陳老師、陳師母和我三個人到北京不久，就接到方老

爺來信說加倍賠了人家的錢，還把我的身契寄了來。我感激到萬分，很盡心地伺候他們。他們倆年紀很大，還沒子女，覺得我很不錯，就把我的身契燒掉，認我做女兒。我進了幾年學堂，在家又有人教導，所以學業進步得很快。可惜我高小還沒畢業，武昌就起了革命。我們全家匆匆出京，回到廣東，知道那位方老爺在高州當知縣，因為辦事公正，當地的劣紳地痞很恨惡他。在革命風潮膨脹時，他們便樹起反正旗，藉著撲殺滿州奴的名義，把方老爺當牛待遇，用繩穿著他的鼻子，身上掛著貪官汙吏的罪狀，領著一家大小，遊遍滿城的街市，然後把他們害死。」

紹慈聽到這裡，眼眶一紅，不覺淚珠亂滴。他一向是很心慈，每聽見或看見可憐的事情，常要掉淚。他盡力約束他的情感，還鎮定地聽下去。

契默像沒理會那慘事，還接下去問：「那方少爺也被害了麼？」

「他多半是死了。等到革命風潮稍微平定，我義父和我便去訪尋方家人的遺體，但都已被毀滅掉，只得折回省城。方少爺原先給我那包東西是幾件他穿過的衣服，預備給我在道上穿的。還有一個小繡花筆袋，帶著兩枝鉛筆。因為我小時看見鉛筆每覺得很新鮮，所以他送給我玩。衣服我已穿破了，唯獨那筆袋和鉛筆還留著，那就是世雄所疑惑的『愛人贈品』。」

「我們住在廣州，義父沒事情做，義母在民國三年去世了。我那時在師範學校念書。義父因為我已近成年，他自己也漸次老弱，急要給我擇婿。我當時雖不願意，只為厚恩在身，不便說出一個『不』字。由於輾轉的介紹，世雄便成為我的未婚夫。那時他在陸軍學校，還沒有現在這樣荒唐，故此也沒覺得他的可惡。在師範學校的末一年，我義父也去世了。那時我感到人海茫茫，舉目無親，所以在畢業禮行過以後，隨著便行婚禮。」

「你們在初時一定過得很美滿了。」

「不過很短很短的時期，以後就越來越不成了。我對於他，他對於我，都是半斤八兩，一樣地互相敷衍。」

「那還成嗎？天天挨著這樣虛偽的生活。」

「他在軍隊裡，蠻性越發發展，有三言兩語不對勁，甚至動手動腳，打踢辱罵，無所不至。若不是因為還有更重大的事業沒辦完的原故，好幾次我真想要了結了我自己的生命。幸而他常在軍隊裡，回家的時候不多。但他一回家，我便知道又是打敗仗逃回來了。他一向沒打勝仗：打惠州，做了逃兵；打韶州，做了逃兵；打南雄，又做了逃兵。他是臨財無不得，臨功無不居，臨陣無不逃的武人。後來，人都知道他的伎倆，軍官當不了，在家閒住著好些時候。那時我在黨裡已有些地位，他央求我介紹他，又很誠懇地要求同志們派他來做現在的事情。」

「看來他是一個投機家，對於現在的事業也未見得能忠實地做下去。」

「可不是嗎？只怪同志們都受他欺騙，把這麼重要的一個機關交在他手裡。我越來越覺得他靠不住，時常曉以大義。所以大吵大鬧的戲劇，一個月得演好幾回。」

那和尚沉吟了一會，才說：「我這才明白。可是你們倆不和，對於我們事業的前途，難免不會發生障礙。」

她說：「請你放心，他那一方面，我不敢保。我呢？私情是私情。公事是公事，絕不像他那麼不負責任。」

紹慈聽到這裡，好像感觸了什麼，不知不覺間就站了起來。他本坐在長板凳的一頭，那一頭是另一個人坐著。站起來的時候，他忘記告訴那人預防著，猛然把那人摔倒在地上。他手拿著的茶杯也摔碎了，滿頭面都澆溼了。紹慈忙把那人扶起，賠了過失，張羅了一刻工夫。等到事情辦清以後，在大碗居里頭談話的那兩人，已不知去向。

他雖然很著急，卻也無可奈何，仍舊坐下，從口袋裡取出那本用了二十多年的小冊子，寫了好些字在上頭。他那本小冊子實在不能叫做日記，只能叫做大事記。因為他有時距離好幾個月，也不寫一個字在上頭，有時一寫就是好幾頁。

在繁劇的公務中，紹慈又度過四、五個星期的生活。他總沒忘掉那天在大碗居所聽見的事情，立定主意要去偵察一下。

那天一清早他便提著一個小包袱，向著沙鍋門那條路走。他走到三里河，正遇著一群羊堵住去路，不由得站在一邊等著。羊群過去了一會，來了一個人，抱著一隻小羊羔，一面跑，一面罵前頭趕羊的夥計走得太快。紹慈想著那小羊羔必定是在道上新產生下來的。牠的弱小可憐的聲音打動他的惻隱之心，便上前問那人賣不賣，那人因為他給的價很高，也就賣給他，但告訴他沒哺過乳的小東西是養不活的，最好是宰來吃。紹慈說他有主意，抱著小羊羔，雇著一輛洋車拉他到大街上，買了一個奶瓶，一個熱水壺，和一匣代乳粉。他在車上，心裡回憶幼年時代與所認識的那個女孩子玩著一對小兔，他曾說過小羊更好玩。假如現在能夠見著她，一同和小羊羔玩，那就快活極了。他很開心，走過好幾條街，小羊羔不斷地在懷裡叫。經過一家飯館，他進去找一個座坐下，要了一壺開水，把乳粉和好，慢慢地餵牠。他自己也覺得有一點餓，便要了幾張餅。他正在等著，隨手取了一張前幾天的報紙來看。在一個不重要的篇幅上，登載著女教員陳邦秀被捕，同黨的領袖在逃的新聞，匆忙地吃了東西，他便出城去了。

　　他到城外，雇了一匹牲口，把包袱背在背上，兩手抱著小羊羔，急急地走，在驢鳴犬吠中經過許多村落。他心裡一會驚疑陳邦秀所犯的案，那在逃的領袖到底是誰；一會又想起早間在城門洞所見那群羊被一隻老羊領導著到一條死路去：

一會又回憶他的幼年生活。他聽人說過沙漬裡的狼群出來獵
食的時候，常有一隻體力超群、經驗豐富的老狼領導著。為
求食的原故，經驗少和體力弱的群狼自然得跟著牠。可見在
生活中，都是依賴的分子，隨著一、兩個領袖在那裡瞎跑，
幸則生，不幸則死，生死多是不自立不自知的。狼的領袖是
帶著群狼去搶掠；羊的領袖是領著群羊去送死。大概現在世
間的領袖，總不能出乎這兩種以外吧！

　　不知不覺又到一條村外，紹慈下驢，進入柿子園裡。村
道上那匹白騾昂著頭，好像望著那在長空變幻的薄雲，籬邊
那隻黃狗閉著眼睛，好像品味著那在蔓草中哀鳴的小蟲，樹
上的柿子映著晚霞，顯得特別燦爛。紹慈的叫驢自在地向那
草原上去找牠的糧食。他自己卻是一手抱著小羊羔，一手拿
著奶瓶，在樹下坐著慢慢地餵。等到人畜的睏乏都減輕了，
他再騎上牲口離開那地方，頃刻間又走了十幾里路。那時夕
陽還披在山頭，地上的人影卻長得比無常鬼更為可怕。

　　走到離縣城還有幾十里的那個小鎮，天已黑了，紹慈於
是到他每常歇腳的大悲院去。大悲院原是鎮外一所私廟，不
過好些年沒有和尚。到二、三年前才有一位外來的和尚契默
來做主持，那和尚的來歷很不清楚，戒牒上寫的是泉州開
元寺，但他很不像是到過那城的人，紹慈原先不知道其中的
情形，到早晨看見陳邦秀被捕的新聞，才懷疑契默也是個黨
人。契默認識很多官廳的人員，紹慈也是其中之一，不過比

較別人往來得親密一點。這大概是因為紹慈的知識很好，契默與他談得很相投，很希望引他為同志。

　　紹慈一進禪房，契默便迎出來，說：「紹先生，久違了。走路來的嗎？聽說您高升了。」他回答說：「我離開縣城已經半年了。現住在北京，沒有什麼事。」他把小羊羔放在地下，對契默兒：「這是早晨在道上買的。我不忍見牠生下不久便做了人家的盤裡的肴饌，想養活牠。」契默說：「您真心慈，您來當和尚倒很合適。」紹慈見羊羔在地下盡旨咩咩地叫，話也談得不暢快，不得已又把牠抱起來，放在懷裡。牠也像嬰兒一樣，有人抱就不響了。

　　紹慈問：「這幾天有什麼新聞沒有？」

　　契默很鎮定地回答說：「沒有什麼。」

　　「沒有什麼！我早晨見一張舊報紙說什麼黨員運動起事，因洩漏了機關，被逮了好些人，其中還有一位陳邦秀教習，有這事嗎？」

　　「哦，您問的是政治。不錯，我也聽說來，聽說陳教習還押到縣衙門裡，其餘的人都已槍斃了。」他接著問，「大概您也是為這事來的吧？」

　　紹慈說：「不，我不是為公事，只是回來取些東西，在道上才知道這件事情。陳教習是個好人，我也認得她。」

　　契默聽見他說認識邦秀，便想利用他到縣裡去營救一下，可是不便說明，只說：「那陳教習的確是個好人。」

紹慈故意問：「師父，您怎樣認得她呢？」

「出家人哪一流的人不認得？小僧向她曾化過幾回緣，她很虔心，頭一次就題上二十元，以後進城去拜施主，小僧必要去見見她。」

「聽說她丈夫很不好，您去，不會叫他把您攆出來麼？」

「她的先生不常在家，小僧也不到她家去，只到學校去。」他於是信口開河，說：「現在她犯了案，小僧知道一定是受別人的拖累。若是有人替她出來找找門路，也許可以出來。」

「您想有什麼法子？」

「您明白，左不過是錢。」

「沒錢呢？」

「沒錢，勢力也成，面子也成，像您的面子就夠大的，要保，準可以把她保出來。」

紹慈沉吟了一會，便搖頭說：「我的面子不成，官廳拿人，一向有老例——只有錯拿，沒有錯放，保也是白保。」

「您的心頂慈悲的，救人一命，勝造七級浮屠，一隻小羊羔您都搭救，何況是一個人？」

「有能救她的道兒，我自然得走。明天我一早進城去相機辦理吧。我今天走了一天，累得很，要早一點歇歇。」他說著，伸伸懶腰，打個哈欠，站立起來。

契默說：「西院已有人住著，就請在這廂房湊合一晚吧。」

「隨便哪裡都成，明兒一早見。」紹慈說著抱住小羊羔便到指定給他的房間去。他把臥具安排停當，又拿出那本小冊子記上幾行。

夜深了，下弦的月已升到天中，紹慈躺在床上，斷續的夢靨在枕邊繞著。從西院送出不清晰的對談聲音，更使他不能安然睡去。

西院的客人中有一個說：「原先議決的，是在這兩區先後舉行，世雄和那區的主任意見不對。他恐怕那邊先成功，於自己的地位有些妨礙，於是多方阻止他們。那邊也有許多人要當領袖，也怕他們的功勞被世雄埋沒了，於是相持了兩、三個星期。前幾天，警察忽然把縣裡的機關包圍起來，搜出許多文件，逮了許多人，事前世雄已經知道。他不敢去把那些機要的文件收藏起來，由著幾位同志在那裡幹。他們正在毀滅文件的時候，人就來逮了。世雄的住所，警察也偵查出來了。當警察拍門的時候，世雄還沒逃走。你知道他房後本有一條可以容得一個人爬進去的陰溝，一直通到護城河去。他不教邦秀進去，因為她不能爬，身體又寬大。若是她也爬進去，溝口沒有人掩蓋，更容易被人發覺。假使不用掩蓋，那溝不但兩個人不能並爬，並且只能進前，不能退後。假如邦秀在前，那麼寬大的身子，到了半道若過不去，豈不

要把兩個人都活埋在裡頭？若她在後，萬一爬得慢些，終要被人發現。所以世雄說，不如教邦秀裝做不相干的女人，大大方方出去開門。但是很不幸，她一開門，警察便擁進去，把她綁起來，問她世雄在什麼地方？她沒說出來。警察搜了一回，沒看出什麼痕跡，便把她帶走。」

「我很替世雄慚愧，堂堂的男子，大難臨頭還要一個弱女子替他，你知道他往哪裡去嗎？」這是契默的聲音。

那人回答說：「不知道，大概不會走遠了，也許過幾天會逃到這裡來。城裡這空氣已經不那麼緊張，所以他不致於再遇見什麼危險，不過邦秀每晚被提到衙門去受祕密的審問，聽說十個手指頭都已夾壞了，只怕她受不了，一起供出來，那時，連你也免不了，你得預備著。」

「我不怕，我信得過她絕不會說出任何人，肉刑是她從小嘗慣的家常便飯。」

他們談到這裡，忽然記起廂房裡歇著一位警察，便止住了。契默走到紹慈窗下，叫「紹先生，紹先生」。紹慈想不回答，又怕他們懷疑，便低聲應了一下。契默說：「他們在西院談話把您吵醒了吧？」

他回答說：「不，當巡警的本來一叫便醒，天快亮了吧？」契默說：「早著呢，您請睡吧，等到時候，再請您起來。」

他聽見那幾個人的腳音向屋裡去，不消說也是倖免的同

志們，契默也自回到他的禪房去了，庭院的月光帶著一丫松影貼在紙窗上頭。紹慈在枕上，瞪著眼，耳鼓裡的音響，與荒草中的蟲聲混在一起。

第二天一早，契默便來央求紹慈到縣裡去，想法子把邦秀救出來。他掏出一疊鈔票遞給紹慈，說：「請您把這二百元帶著，到衙門裡短不了使錢。這都是陳教習歷來的布施，現在我仍拿出來用回在她身上。」

紹慈知道那錢是要送他的意思，便鄭重地說：「我一輩子沒使人家的黑錢，也不願意給人家黑錢使。為陳教習的事，萬一要錢，我也可以想法子，請您收回去吧。您不要疑惑我不幫忙，若是人家冤屈了她，就使丟了我的性命，我也要把她救出來。」

他整理了行裝，把小羊羔放在契默給他預備的一個筐子裡，便出了廟門。走不到十里路，經過一個長潭，岸邊的蘆花已經半白了。他沿著岸邊的小道走到一棵柳樹底下歇歇，把小羊羔放下，拿出手中擦汗。在張望的時候，無意中看見岸邊的草叢裡有一個人躺著。他進前一看，原來就是邦秀。他叫了一聲：「陳教習」。她沒答應。搖搖她，她才懶慵慵地睜開眼睛。她沒看出是誰，開口便說：「我餓得很，走不動了。」話還沒有說完，眼睛早又閉起來了。紹慈見她的頭髮散披在地上，臉上一點血色也沒有。穿一件薄呢長袍，也是破爛不堪的，皮鞋上滿沾著泥土，手上的傷痕還沒結疤。

那可憐的模樣，實在難以形容。

　　紹慈到樹下把水壺的塞子拔掉，和了一壺乳粉，端來灌在她口裡。過了兩三刻鐘，她的精神漸次恢復回來。在注目看著紹慈以後，她反驚慌起來。她不知道紹慈已經不是縣裡的警察，以為他是來捉拿她。心頭一急，站起來，躍秧雞一樣，飛快地鑽進葦叢裡。紹慈見她這樣慌張，也急得在後面嚷著，「別怕，別怕。」她哪裡肯出來，越鑽越進去，連影兒也看不見了。紹慈發愣一會，才追進去，口裡嚷著「救人，救人！」這話在邦秀耳裡，便是「揪人，揪人！」她當然越發要藏得密些。

　　一會兒葦叢裡的喊聲也停住了。邦秀從那邊躲躲藏藏地躍出來。當頭來了一個人，問她「方才喊救人的是您嗎？」她見是一個過路人，也就不害怕了。她說：「我沒聽見，我在這裡頭解手來的。請問這裡離前頭鎮上還有多遠？」那人說：「不遠了，還有七里多地。」她問了方向，道一聲「勞駕」，便急急邁步。那人還在那周圍找尋，沿著岸邊又找回去。

　　邦秀到大悲院門前，正趕上沒人在那裡，她怕廟裡有別人，便裝做叫化婆，嚷著「化一個啵」，契默認得她的聲音，趕緊出來，說：「快進來，沒有人在裡頭。」她隨著契默到西院一間小屋子裡。契默說：「你得改裝，不然逃不了。」他於是拿剃刀來把她的頭髮刮得光光的，為她穿上僧袍，儼

然是一個出家人模樣。

　　契默問她出獄的因由，她說是與一群獄卒串通，在天快亮的時候，私自放她逃走。她隨著一幫趕集的人們急急出了城，向著大悲院這條路上一氣走了二十多里。好幾天挨餓受刑的人，自然當不起跋涉，到了一個潭邊，再也不能動彈了。她怕人認出來，就到葦子裡躲著歇歇，沒想到一躺下，就昏睡過去。又說，在道上遇見縣裡的警察來追，她認得其中一個是紹慈，於是拚命鑽進葦子裡，經過很久才逃脫出來。契默於是把早晨托紹慈到縣營救她的話告訴了一番，又教她歇歇，他去給她預備飯。

　　好幾點鐘在平靜的空氣中過去了，廟門口忽然來了一個人，提著一個筐子，上面有大悲院的記號，問當家和尚說：「這筐子是你們這裡的嗎？」契默認得那是早晨給紹慈盛小羊羔的筐子，知道出了事，便說：「是這裡的，早晨是紹老總借去使的，你在哪裡把它撿起來的呢？」那人說：「他淹死啦！這是在柳樹底下撿的。我們也不知是誰，有人認得字，說是這裡的。你去看看吧，官免不了要驗，你總得去回話。」契默說：「我自然得去看看。」他進去給邦秀說了，教她好好藏著，便同那人走了。

　　過了四、五點鐘的工夫，已是黃昏時候，契默才回來。西院裡昨晚談話的人們都已走了，只剩下邦秀一個人在那裡。契默一進來，對著她搖搖頭說：「可惜，可惜！」邦秀

問：「怎麼樣了？」他說：「你道紹慈那巡警是什麼人？他就是你的小朋友方少爺！」邦秀「呀」了一聲，站立起來。

契默從口袋掏出一本溼氣還沒去掉的小冊子，對她說：「我先把情形說完，再念這裡頭的話給你聽。他大概是怕你投水，所以向水邊走。他不提防在葦叢裡臍著一個深水坑，全身掉在裡頭翻不過身來，就淹死了。我到那裡，人們已經把他的屍身撈起來，可還放在原地。葦子裡沒有道，也沒有站的地方，所以沒有圍著看熱鬧的人，只有七、八個人遠遠站著。我到屍體跟前，見這本日記露出來，取下來看了一、兩頁。知道記的是你和他的事情，趁著沒有人看見，便放在口袋裡，等了許久，官還沒來。一會來了一個人說，驗官今天不來了，於是大家才散開。我在道上一面走，一面翻著看。」

他翻出一頁，指給邦秀說：「你看，這段說他在革命時候怎樣逃命，和怎樣改的姓。」邦秀細細地看了一遍以後，他又翻過一頁來，說：「這段說他上北方來找你沒找著。在流落到無可奈何的時候，才去當警察。」

她拿著那本日記細看了一遍，哭得一句話也說不出來，停了許久，才抽抽噎噎地對契默說：「這都是想不到的事。在縣城裡，我幾乎天天見著他，只恨二年來沒有同他說過一句話，他從前給我的東西，這次也被沒收了。」

契默也很傷感，同情的淚不覺滴下來，他勉強地說：「看

開一點吧！這本就是他最後留給你的東西了。不，他還有一隻小羊羔呢！」他才想起那隻可憐的小動物，也許還在長潭邊的樹下，但也有被人拿去剝皮的可能。

鐵魚的鰓

　　那天下午警報的解除信號已經響過了。華南一個大城市的一條熱鬧馬路上排滿了兩行人，都在肅立著，望著那預備保衛國土的壯丁隊遊行。他們隊裡，說來很奇怪，沒有一個是扛槍的，戴的是平常的竹笠，穿的是灰色衣服，不像兵士，也不像農人。巡行自然是為耀武揚威給自家人看，其他有什麼目的，就不得而知了。

　　大隊過去之後，路邊閃出一個老頭，頭髮蓬鬆得像戴著一頂皮帽子，穿的雖然是西服，可是縫補得走了樣了。他手裡抱著一卷東西，匆忙地越過巷口，不提防撞到一個人。

　　「雷先生，這麼忙！」

　　老頭抬頭，認得是他的一個不很熟悉的朋友。事實上雷先生並沒有至交，這位朋友也是方才被遊行隊阻撓一會，趕著要回家去的。雷見他打招呼，不由得站住對他說：「唔，原來是黃先生，黃先生一向少見了，你也是從避彈室出來的罷？他們演習抗戰，我們這班沒用的人，可跟著在演習逃難哪！」

　　「可不是！」黃笑著回答他。

　　兩人不由得站住，談了些閒話。直到黃問起他手裡抱著的是什麼東西，他才說：「這是我的心血所在，說來話長，你如有興致，可以請到舍下，我打開給你看看，看完還要請教。」

　　黃早知道他是一個最早被派到外國學制大砲的官學生，

回國以後，國內沒有鑄炮的兵工廠，以致他一輩子坎坷不得意。英文、算學教員當過一陣，工廠也管理過好些年，最後在離那大城市不遠的一個割讓島上的海軍船塢做一份小小的職工，但也早已辭掉不幹了。他知道這老人家的興趣是在兵器學上，心裡想看他手裡所抱的，一定又是理想中的什麼武器的圖樣了。他微笑向著雷，順口地說：「雷先生，我猜又是什麼『死光鏡』、『飛機箭』一類的利器圖樣罷？」他說好像有點不相信，因為從來他所畫的圖樣，獻給軍事當局，就沒有一樣被採用過。雖然說他太過理想或說他不成的人未必全對，他到底是沒有成績拿出來給人看過。

雷回答黃說：「不是，不是，這個比那些都要緊。我想你是不會感到什麼興趣的。再見罷。」說著一面就邁他的步。

黃倒被他的話引起興趣來了。他跟著雷，一面說；「有新發明，當然要先睹為快的，這裡離舍下不遠，不如先到舍下一談罷。」

「不敢打擾，你只看這藍圖是沒有趣味的。我已經做了一個小模型，請到舍下，我實驗給你看。」

黃索性不再問到底是什麼，就信步隨著他走。二人嘿嘿地並肩而行，不一會已經到了家。老頭子走得有點喘，讓客人先進屋裡去，自己隨著把手裡的紙卷放在桌上，坐在一邊，黃是頭一次到他家，看見四壁掛的藍圖，各色各樣，說不清是什麼。廳後面一張小小的工作桌子，鋸、鉗、螺絲旋

一類的工具安排得很有條理，架上放著幾隻小木箱。

「這就是我最近想出來的一隻潛艇的模型。」雷順著黃先生的視線到架邊把一個長度約為三尺的木箱拿下來，打開取出一條「鐵魚」來。他接著說：「我已經想了好幾年了，我這潛艇特點是在它像一條魚，有能呼吸的鰓。」

他領黃到屋後的天井，那裡有他用鉛版自製的一個大盆，長約八尺，外面用木板護著，一看就知道是用三個大洋貨箱改造的，盆裡盛著四尺多深的水。他在沒把鐵魚放進水裡之前，把「魚」的上蓋揭開，將內部的機構給黃說明了。他說，他的「魚」的空氣供給法與現在所用的機構不同。他的鐵魚可以取得氧氣，像真魚在水裡呼吸一般，所以在水裡的時間可以很長，甚至幾天不浮上水面都可以。說著他又把剛才的藍圖打開，一張一張地指示出來。他說，他一聽見警報，什麼都不拿，就拿著那卷藍圖出外去躲避。對於其他的長處，他又說：「我這魚有許多『遊目』，無論沉下多麼深，平常的折光探視鏡所辦不到的，只要放幾個『遊目』使它們浮在水面，靠著電流的傳達，可以把水面與空中的情形投影到艇裡的鏡板上。浮在水面的『遊目』體積很小，形狀也可以隨意改裝，雖然低飛的飛機也不容易發見它們。還有它的魚雷放射管是在艇外，放射的時候艇身不必移動，便可以求到任何方向，也沒有像舊式潛艇在放射魚雷時會發生可能的危險的情形。還有艇裡的水手，個個有一個人造鰓，萬一艇

身失事，人人都可以迅速地從方便門逃出，浮到水面。」

　　他一面說，一面揭開模型上一個蜂房式的轉盤門，說明水手可以怎樣逃生，但黃已經有點不耐煩了。他說：「你的專門話，請少說罷，說了我也不大懂，不如先把它放下水裡試試，再講道理，如何？」

　　「成，成。」雷回答著，一面把小發電機撥動，把上蓋蓋嚴密了，放在水裡。果然沉下許久，放了一個小魚雷再浮上來。他接著說：「這個還不能解明鐵鰓的工作，你到屋裡，我再把一個模型給你看。」

　　他順手把小潛艇托進來放在桌上，又領黃到架的另一邊，從一個小木箱取出一副鐵鰓的模型。那模型像一個人家養魚的玻璃箱，中間隔了兩片玻璃板，很巧妙的小機構就夾在當中。他在一邊水肉，把電線接在插槍上。有水的那一面的玻璃版有許多細緻的長縫，水可以沁進去，不久，果然玻璃版中間的小機構與唧筒發動起來了。沒水的這一面，代表艇內的一部，有幾個像唧筒的東西，連著版上的許多管子。他告訴黃先生說，那模型就是一個人造鰓，從水裡抽出氧氣，同時還可以把炭氣排泄出來。他說，艇裡還有調節機，能把空氣調和到人可呼吸自如的程度。關於水的壓力問題，他說，戰鬥用的艇是不會潛到深海裡去的。他也在研究著怎樣做一隻可以探測深海的潛艇，不過還沒有什麼把握。

　　黃聽了一套一套他所不大懂的話，也不願意發問，只由

他自己說得天花亂墜，一直等到他把藍圖捲好，把所有的小模型放回原地，再坐下想與他談些別的。

但雷的興趣還是在他的鐵鰓，他不歇地說他的發明怎樣有用，和怎樣可以增強中國海的軍備。

「你應當把你的發明獻給軍事當局，也許他們中間有人會注意到這事，給你一個機會到船塢去建造一隻出來試試。」黃說著就站起來。

雷知道他要走，便阻止他說：「黃先生忙什麼？今晚大家到茶室去吃一點東西，容我做東道。」

黃知道他很窮，不願意使他破費，便又坐下說：「不，不，多謝，我還有一點別的事要辦，在家多談一會罷。」

他們繼續方才的談話，從原理談到建造的問題。

雷對黃說他怎樣從製炮一直到船塢工作，都沒得機會發展他的才學。他說，別人是所學非所用，像他簡直是學無所用了。

「海軍船塢於你這樣的發明應當注意的，為什麼他們讓你走呢？」

「你要記得那是別人的船塢呀，先生。我老實說，我對於潛艇的興趣也是在那船塢工作的期間生起來的。我在從船塢工作之前，是在製襪工廠當經理。後來那工廠倒閉了，正巧那裡的海軍船塢要一個機器工人，我就以熟練工人的資格被取上了。我當然不敢說我是受過專門教育的，因為他們要

的只是熟練工人。」

「也許你說出你的資格，他們更要給你相當的地位。」

雷搖頭說：「不，不，他們一定會不要我，我在任何時間所需的只是吃。受三十元『西紙』的工資，總比不著邊際的希望來得穩當。他們不久發現我很能修理大砲和電機，常常派我到戰艦上與潛艇裡工作，自然我所學的，經過幾十年間已經不適用了，但在船塢裡受了大工程師的指揮，倒增益了不少的新知識。我對於一切都不敢用專門名詞來與那班外國工程師談話，怕他們懷疑我。他們有時也覺得我說的不是當地的『鹹水英語』，常問我在那裡學的，我說我是英屬美洲的華僑，就把他們瞞過了。」

「你為什麼要辭工呢？」

「說來，理由很簡單。因為我研究潛艇，每到艇裡工作的時候，和水手們談話，探問他們的經驗與困難。有一次，教一位軍官注意了，從此不派我到潛艇裡去工作。他們已經懷疑我是奸細，好在我機警，預先把我自己畫的圖樣藏到別處去，不然萬一有人到我的住所檢查，那就麻煩了，我想，我也沒有把我自己畫的圖樣獻給他們的理由，自己民族的利益得放在頭裡，於是辭了工，離開那船塢。」

黃問：「照理想，你應當到中國底造船廠去。」

雷急急地搖頭說：「中國的造船廠？不成，有些造船廠都是個同鄉會所，你不知道嗎？我所知道的一所造船廠，凡

要踏進那廠的大門的，非得同當權的有點直接或間接的血統或裙帶關係，不能得到相當的地位。縱然能進去，我提出來的計畫，如能請得一筆試驗費，也許到實際的工作上已剩下不多了。沒有成績不但是惹人笑話，也許還要派上個罪名。這樣，誰受得了呢？」

黃說：「我看你的發明如果能實現，卻是很重要的一件事。國裡現在成立了不少高深學術的研究院，你何不也教他們注意一下你的理論，試驗試驗你的模型？」

「又來了！你想我是七十歲左右的人，還有愛出風頭的心思嗎？許多自號為發明家的，今日招待報館記者，明日到學校演講，說得自己不曉得多麼有本領，愛迪生和愛因斯坦都不如他，把人聽膩了。主持研究院的多半是年輕的八分學者，對於事物不肯虛心，很輕易地給下斷語，而且他們好像還有『幫』的組織，像青、紅幫似地，不同幫的也別妄生玄想。我平素最不喜歡與這班學幫中人來往，他們中間也沒人知道我的存在。我又何必把成績送去給他們審查，費了他們的精神來批評我幾句，我又覺得過意不去，也犯不上這樣做。」

黃看看時表，隨即站起來，說：「你老哥把世情看得太透澈，看來你的發明是沒有實現的機會了。」

「我也知道，但有什麼法子呢？這事個人也幫不了忙，不但要用錢很多，而且軍用的東西又是不能隨便製造的。我

只希望我能活到國家感覺需要而信得過我的那一天來到。」

　　雷說著，黃已踏出廳門。他說：「再見罷，我也希望你有那一天。」

　　這位發明家的性格是很板直的，不大認識他的，常會誤會以為他是個犯神經病的，事實上已有人叫他做「戇雷」。他家裡沒有什麼人，只有一個在馬尼剌當教員的守寡兒媳婦和一個在那裡念書的孫子。自從十幾年前辭掉船塢的工作之後，每月的費用是兒媳婦供給。因為他自己要一個小小的工作室，所以經濟的力量不能容他住在那割讓島上。他雖是七十三、四歲的人，身體倒還康健，除掉做輪子、安管子、打銅、銼鐵之外，沒別的嗜好，菸不抽，茶也不常喝。因為生存在兒媳婦的孝心上，使他每每想著當時不該辭掉船塢的職務。假若再做過一年，他就可以得著一分長糧，最少也比吃兒媳婦的好。不過他並不十分懊悔，因為他辭工的時候正在那裡大罷工的不久以前，愛國思想膨脹的到極高度，所以覺得到中國別處去等機會是很有意義的。他有很多造船工程的書籍，常常想把它們賣掉，可是沒人要。他的太太早過世了，家裡只有一個老傭婦來喜服事他。那老婆子也是他的妻子的隨嫁婢，後來嫁出去，丈夫死了，無以為生，於是回來做工。她雖不受工資，在事實上是個管家，雷所用的錢都是從她手裡要，這樣相依為活已經過了二十多年了。

　　黃去了以後，來喜把飯端出來，與他一同吃。吃著，他

對來喜說：「這兩天風聲很不好，穿履的也許要進來，我們
得檢點一下，萬一變亂臨頭，也不至於手忙腳亂。」

來喜說：「不說是沒什麼要緊了嗎？一般官眷都還沒走，
大概不致於有什麼大亂罷。」

「官眷走動了沒有，我們怎麼會知道呢？告示與新聞所
說的是絕對靠不住的，一般人是太過信任印刷品了。我告訴
你罷，現在當局的，許多是無勇無謀，貪權好利的一流人
物，不做石敬塘獻十六州，已經可以被人稱為愛國了。你
念摸魚書和看殘唐五代的戲，當然記得石敬瑭怎樣獻地給
人。」

「是，記得。」來喜點頭回答，「不過獻了十六州，石敬
瑭還是做了皇帝！」

老頭子急了，他說：「真的，你就不懂什麼叫做歷史！
不用多說了，明天把東西歸聚一下，等我寫信給少奶奶，說
我們也許得望廣西走。」

吃過晚飯，他就從桌上把那潛艇的模型放在箱裡，又忙
著把別的小零件收拾起來。正在忙著的時候，來喜進來說：
「姑爺，少奶奶這個月的家用還沒寄到，假如三、兩天之內
要起程，恐怕盤纏會不夠吧？」

「我們還剩多少？」

「不到五十元。」

「那夠了。此地到梧州，用不到三十元。」

時間不容人預算，不到三天，河堤的馬路上已經發見侵略者的戰車了。市民全然像在夢中被驚醒，個個都來不及收拾東西，見了船就下去。火頭到處起來，鐵路上沒人開車，弄得雷先生與來喜各抱著一點東西急急到河邊胡亂跳進一隻船，那船並不是往梧州去的，沿途上船的人們越來越多，走不到半天，船就沉下去了。好在水並不深，許多人都坐了小艇往岸上逃生，可是來喜再也不能浮上來了。她是由於空中的掃射喪的命或是做了龍宮的客人，都不得而知。

　　雷身邊只剩十幾元，輾轉到了從前曾在那工作過的島上。沿途種種的艱困，筆墨難以描寫。他是一個性格剛硬的人，那島市是多年沒到過的，從前的工人朋友，就使找著了，也不見得能幫助他多少。不說梧州去不了，連客棧他都住不起。他只好隨著一班難民在西市的一條街邊打地鋪。在他身邊睡的是一個中年婦人帶著兩個孩子，也是從那剛淪陷的大城一同逃出來的。

　　在幾天的時間，他已經和一個小飯攤的主人認識，就寫信到馬尼剌去告訴他兒媳婦他所遭遇的事情，叫她快想方法寄一筆錢來，由小飯攤轉交。

　　他與旁邊的那個中年婦人也成立了一種互助的行動。婦人因為行李比較多些，孩子又小，走動不但不方便，而且地盤隨時有被人占據的可能，所以他們互相照顧，雷老頭每天上街吃飯之後，必要給她帶些吃的回來。她若去洗衣服，他

就坐著看守東西。

　　一天，無意中在大街遇見黃，各人都訴了一番痛苦。

　　「現在你住在什麼地方？」黃這樣問他。

　　「我老實說，住在西市的街邊。」

　　「那還了得！」

　　「有什麼法子呢？」

　　「搬到我那裡去罷。」

　　「大家同是難民，我不應當無緣無故地教你多擔負。」

　　黃很誠懇地說：「多兩個人也不會費得到什麼地步，我跟著你去搬罷。」說著就要叫車。雷阻止他說：「多謝，多謝盛意。我現在人口眾多，若都搬了去，於府上一定大大地不方便。」

　　「你不是只有一個傭人嗎？」

　　「我那來喜不見了，現在是另一個帶著兩著孩子的婦人，是在路上遇見的。我們彼此互助，忍不得，把她安頓好就離開她。」

　　「那還不容易嗎？想法子把她送到難民營就是了。聽說難民營的組織，現在正加緊進行著咧。」

　　他知道黃也不是很富裕的，大概是聽見他睡在街邊，不能不說一、兩句友誼的話。但是黃卻很誠懇，非要他去住不可，連說：「不像話，不像話！年紀這麼大，不說你媳婦知道了難過，就是朋友也過意不去。」

他一定不肯教黃到他的露天客棧去，只推到難民營組織好，把那婦人送進去之後再說，黃硬把他拉到一個小茶館去，一說起他的發明，老頭子就告訴他那潛艇模型已隨著來喜喪失了。他身邊只剩下一大卷藍圖，和那一座鐵鰓的模型，其餘的東西都沒有了。他逃難的時候，那藍圖和鐵鰓的模型是歸他拿，圖是卷在小被縟裡頭，他兩手只能拿兩件東西。在路上還有人笑他逃難逃昏了，什麼都不帶，帶了一個小木箱。

　　「最低限度，你把重要的物件先存在我那裡罷。」黃說。

　　「不必了罷，住家孩子多，萬一把那模型打破了，我永遠也不能再做一個了。」

　　「那倒不至於。我為你把它鎖在箱裡，豈不就成了嗎？你老哥此後的行止，打算怎樣呢？」

　　「我還是想到廣西去，只等兒媳婦寄些路費來，快則一個月，最慢也不過兩個月，總可以想法子從廣州灣或別的比較安全的路去到罷。」

　　「我去把你那些重要東西帶走罷。」黃還是催著他。

　　「你現在住什麼地方？」

　　「我住在對面海的一個親戚家裡，我們回頭一同去。」

　　雷聽見他也是住在別人家裡，就斷然回答說：「那就不必了，我想把些少東西放在自己身邊，也不至於很累贅，反正幾個星期的時間，一切都會就緒的。」

「但是你總得領我去看看你住的地方，下次可以找你。」

雷被勸不過，只得同他出了茶館，到西市來。他們經過那小飯攤，主人就嚷著：「雷先生，雷先生，信到了，信到了。我見你不在，教郵差帶回去，他說明天再送來。」

雷聽了幾乎喜歡得跳起來，他對飯攤主人說了一聲「多煩了」，回過臉來對黃說：「我家兒媳婦寄錢來了，我想這難關總可以過得去了。」

黃也慶賀他幾句，不覺到了他所住的街邊。他對黃說：「對不住，我的客廳就是你所站的地方，你現在知道了。此地不能久談，請便罷。明天取錢之後，去拜望你，你的地址請開一個給我。」

黃只得從口袋裡掏出一張名片，寫上地址交給他，說聲「明天在舍下恭候」，就走了。

那晚上他好容易盼到天亮，第二天一早就到小飯攤去候著。果然郵差來到，取了他一張收據把信遞給他。他拆開信一看，知道他兒媳婦給他匯了一筆到馬尼剌的船費，還有辦護照及其他需用的費用，都教他到匯通公司去取。他不願到馬尼剌去，不過總得先把需用的錢拿出來再說。到了匯通公司，管事的告訴他得先去照相辦護照。他說，是他兒媳婦弄錯了，他並不要到馬尼剌去，要管事的把錢先交給他；管事的不答允，非要先打電報去問清楚不可。兩方爭持，弄得毫

無結果，自然錢在人家手裡，雷也無可如何，只得由他打電報去問。

　　從匯通公司出來，他就踐約去找黃先生，把剛才的事告訴他，黃也贊成他到馬尼剌去。但他說，他的發明是他對國家的貢獻，雖然目前大規模的潛艇用不著，將來總有一天要大量地應用；若不用來戰鬥，至少也可以促成海下航運的可能，使侵略者的封鎖失掉效力。他好像以為建造的問題是第二步，只要當局採納他的，在河裡建造小型的潛航艇試試，若能成功，心願就滿足了。材料的來源，他好像也沒深深地考慮過。他想，若是可能，在外國先定造一隻普通的潛艇，回來再修改一下，安上他所發明的鰓、遊目等等，就可以了。

　　黃知道他有點戇氣，也不再去勸他。談了一回，他就告辭走了。

　　過一兩天，他又到匯通公司去，管事人把應付的錢交給他，說：馬尼剌回電來說，隨他的意思辦。他說到內地不需要很多錢，只收了五百元，其餘都教匯回去。出了公司，到中國旅行社去打聽，知道明天就有到廣州灣去的船。立刻又去告訴黃先生，兩人同回到西市去檢行李。在卷被縟的時候，他才發現他的藍圖，有許多被撕碎了。心裡又氣又驚，一問才知道那婦人好幾天以來，就用那些紙來給孩子們擦髒。他趕緊打開一看，還好，最裡面的那幾張鐵鰓的圖樣，

仍然好好的，只是外頭幾張比較不重要的總圖被毀了。小木箱裡的鐵鰓模型還是完好，教他雖然不高興，可也放心得過。

他對婦人說，他明天就要下船，因為許多事還要辦，不得不把行李寄在客棧裡，給她五十元，又介紹黃先生給她，說錢是給她做本錢，經營一點小買賣；若是辦不了，可以請黃先生把她母子送到難民營去。婦人受了他的錢，直向他解釋說，她以為那卷在被縟裡的都是廢紙，很對不住他。她感激到流淚，眼望著他同黃先生，帶著那卷剩下的藍圖與那一小箱的模型走了。

黃同他下船，他勸黃切不可久安於逃難生活。他說越逃，災難越發隨在後頭；若回轉過去，站住了，什麼都可以抵擋得住。他覺得從演習逃難到實行逃難的無價值，現在就要從預備救難進到臨場救難的工作，希望不久，黃也可以去。

船離港之後，黃直盼著得到他到廣西的消息。過了好些日子，他才從一個赤崁來的人聽說，有個老頭子搭上兩期的船，到埠下船時，失手把一個小木箱掉下海裡去，他急起來，也跳下去了。黃不覺滴了幾行淚，想著那鐵魚的鰓，也許是不應當發明得太早，所以要潛在水底。

海世間

　　我們的人間只有在想像或淡夢中能夠實現罷了。一離了人造的上海社會，心裡便想到此後我們要脫離等等社會律的桎梏，來享受那樂行憂違的潛龍生活。誰知道一上船，那人造人間所存的受、想、行、識，都跟著我們入了這自然的海洋！這些東西，比我們的行李還多，把這一萬二千噸的小船壓得兩邊搖盪。同行的人也知道船載得過重，要想一個好方法，教它的負擔減輕一點，但誰能有出眾的慧思呢？想來想去，只有吐些出來，此外更無何等妙計。

　　這方法雖是很平常，然而船卻輕省得多了。這船原是要到新世界去的喲，可是新世界未必就是自然的人間。在水程中，雖然把衣服脫掉了，跳入海裡去學大魚的游泳，也未必是自然。要是閉眼悶坐著，還可以有一點勉強的自在。

　　船離陸地遠了，一切遠山疏樹盡化行雲。割不斷的輕煙，縷縷絲絲從煙筒裡舒放出來，慢慢地往後延展。故國裡，想是有人把這煙揪住罷。不然就是我們之中有些人的離情凝結了，乘著輕煙家去。

　　呀！他的魂也隨著輕煙飛去了！輕煙載不起他，把他摔下來。墮落的人連浪花也要欺負他，將那如彈的水珠一顆顆射在他身上。他幾度隨著波濤浮沉，氣力有點不足，眼看要沉沒了，幸而得文鰩的哀憐，展開了帆鰭搭救他。

　　文鰩說：「你這人太笨了，熱火燃盡的冷灰，豈能載得你這焰紅的情懷？我知道你們船中定有許多多情的人兒，

動了鄉思。我們一隊隊跟船走，又飛又泳，指望能為你們服勞，不料你們反拍著掌笑我們，驅逐我們。」

他說：「你的話我們怎能懂得呢？人造的人間的人，只能懂得人造的語言罷了。」

文鰩搖著牠口邊那兩根短鬚，裝作很老成的樣子，說：「是誰給你分別的，什麼叫人造人間，什麼叫自然人間？只有你心裡妄生差別便了。我們只有海世間和陸世間的分別，陸世間想你是經歷慣的，至於海世間，你只能從想像中理會一點。你們想海裡也有女神，五官六感都和你們一樣。戴的什麼珊瑚、珠貝，披的什麼鮫紗、昆布。其實這些東西，在我們這裡並非稀奇難得的寶貝。而且一說人的形態便不是神了。我們沒有什麼神，只有這蔚藍的鹽水是我們生命的根源。可是我們生命所從出的水，於你們反有害處。海水能奪去你們的生命。若說海裡有神，你應當崇拜水，毋需再造其他的偶像。」

他聽得呆了，雙手扶著文鰩的帆鰭，請求牠領他到海世間去。文鰩笑了，說：「我明說水中你是生活不得的。你不怕丟了你的生命麼？」

他說：「下去一分時間，想是無妨的。我常想著海神的清潔、溫柔、嫻雅等等美德；又想著海底的花園有許多我不曾見過的生物和景色，恨不得有人領我下去一遊。」

文鰩說：「沒有什麼，沒有什麼，不過是鹹而冷的水罷

了，海的美麗就是這麼簡單——冷而鹹。你一眼就可以望見了。何必我領你呢？凡美麗的事物，都是這麼簡單的。你要求它多麼繁複、熱烈，那就不對了。海世間的生活，你是受不慣的，不如送你回船上去罷。」

那魚一振鰭，早離了波阜，飛到舷邊。他還捨不得回到這真是人造的陸世界來，眼巴巴只悵望著天涯，不信海就是方才所聽情況。從他想像裡，試要構造些海底世界的光景。他的海中景物真個實現在他夢想中了。

螢燈

螢 燈

　　螢是一種小甲蟲。牠的尾巴會發出青色的冷光，在夏夜的水邊閃爍著，很可以啟發人們的詩興。牠的別名和種類在中國典籍裡很多，好像耀夜、景天、熠耀、丹良、丹鳥、夜光、照夜、宵燭、挾火、據火、焰燐、夜遊女子、蚈、焗等等都是。種類和名目雖然多，我們在說話時只叫牠做螢就夠了。螢的發光是由於尾部薄皮底下有許多細胞被無數小氣管纏繞著。細胞裡頭含有一種可燃的物質，有些科學家懷疑它是一種油類，當空氣透過氣管的時候，因氧化作用便發出光耀，不過它的成分是什麼，和分泌的機關在那裡，生物學家還沒有考察出來，只知道那光與燈光不同，因為後者會發熱，前者卻是冷的。我們對於這種螢光，希望將來可以利用它。螢的脾氣是不願意與日月爭光。白天固然不發光，就是月明之夜，牠也不大喜歡顯出牠的本領。

　　自然的螢光在中國或外國都被利用過，墨西哥海岸的居民從前為防海賊的襲掠，夜時寧願用螢火也不敢點燈。美洲勞動人民在夜裡要透過森林，每每把許多螢蟲綁在腳趾上。古巴的婦人在夜會時，常愛用螢來做裝飾，或系在衣服上，或做成花樣戴在頭上。我國晉朝的車胤，因為家貧，買不起燈油，也利用過螢光來讀書。古時好奇的人也曾做過一種口袋叫做聚螢囊，把許多螢蟲裝在囊中，當做玩賞用的燈。不但是人類，連小裁縫鳥也會逮捕螢蟲，用溼泥黏住它的翅膀安在巢裡，為的是叫那囊狀的重巢在夜間有燈。至於撲螢來

玩或做買賣的，到處都有。有些地方，像日本，還有螢蟲批發所，一到夏天就分發到都市去賣。隋煬帝有一次在景華宮，夜裡把好幾斛的螢蟲同時放出才去遊山，螢光照得滿山發出很美麗的幽光。

關於螢的故事很多。北美洲人的傳說中有些說太古時候有一個美少年住在森林裡，因為失戀便化成一隻大螢飛上天去，成為現在的北極星。我國從前都以為螢是腐草所變的，其實螢的幼蟲是住在水邊的，所以池塘的四周在夏夜裡常有螢火點綴著。岸邊的樹影如上點點的微光，我們想想，是多麼優美呢！

我們既經知道螢蟲那樣含有濃厚詩意，又是每年的夏夜在到處都可以看見的，現在讓我說一段關於螢的故事罷。

從前西方有一個康國，人民富庶，土地膏腴，因而時常被較貧乏的鄰國羝原所侵略。康國在位的常喜王只有一個兒了，名叫難勝，很勇敢強健，容貌也非常的美，遠看著他站在殿上就像一根玉柱立著一樣。有一次，羝原人又來侵犯邊境，難勝太子便請求父王給他一支兵，由他領出都門去抵禦寇敵。常喜王因為愛他太甚，捨不得叫他上前敵，沒有應許他。無耐難勝時刻地申請，常喜王就給他一個難題，說：「若是你必要上前敵去的話，除非是不用油和蠟，也不用火把，能夠把那座燈臺點亮了才可以。這是要試驗你的智力，因為戰爭是不能單靠勇力的。」

螢 燈

　　難勝隨著父王所指的地方看去，只見大堂當中安著一座很大很大的燈臺，一丈多高，周圍滿布著小燈，各色各樣的玻璃罩子罩在各盞燈上，就是不點也覺得它很美麗。父王指著給他看過之後，便垂著頭到外殿去了。難勝走到燈臺跟前，細細地觀察它。原來那燈臺是純金打成的，臺柱滿鑲上各樣寶貝。因為受寶光的眩惑，使他不由得不用手去摩觸那上頭的各個寶飾。他觸到一顆紅寶的時候，忽然把柱上的一扇門打開了。這個使他很詫異，因為宮裡的好東西太多了，那座燈臺放在堂中從來也沒人注意過，沒人知道它的構造，甚至是在什麼時代傳下來的，連宮裡最老的太監都不知道。國王捨不得用它，怕把它弄髒了，所以只當做一種奇物陳設著。那臺柱的直徑有三尺左右，臺座能容一個人躺下還有很寬裕的空間。它支持著一千盞燈，想來是世間最大的燈臺。難勝踏進臺柱裡去，門一關，正好把自己藏在裡頭。他蹲下去，躺在臺座裡，仰望著各色的小圓光從各種寶石透射進來，真是好看。他又理會座上鋪著一層厚墊子，好像是預備給人睡的。他想這也許是宮裡的一個臨時避難所，外邊有什麼變故，國王盡可以避到這裡頭來。但是他父親好像不知道有這個地方，不然，怎麼一向沒聽見他說過，也沒人見他開過這扇門，他胡思亂想了一陣，幾乎忘了他父親所要求於他的事情。過了一會，他才想回來。立刻站起，開了門，從原處跳出來。他把門關好，繞著燈臺一面望，一面想著方才的

問題。

　幾天之後，戰爭的消息越發不利了。難勝卻還想不出一個不用油、蠟等物而可以把那座燈臺點起來的方法。可是他心裡生出一個別的計畫。他想萬一敵人攻到都城附近，父王難免領兵出去迎戰，假如不幸城被攻破，宮裡的寶物一定會被掠奪盡的。他雖然能戰，爭奈一個兵也沒有，無論如何，是不成功；不如藏在燈臺裡頭，若是那東西被搬到羝原去，他便可以找機會來報復。他想定了，便把乾糧、水，和一切應備的用具及心愛的寶貝、兵器，都預先藏在燈臺裡頭。

　果然不出所料，強寇竟破了都城，常喜王也陣亡了。全城到處起火，號哭和屠殺的慘聲已送到宮裡。太子立刻教他的學伴慧思自想方法逃避些時，他又告訴了他他的計策。難勝看見慧思走了，自己才從容地踏進燈臺去。不到一頓飯的工夫，敵兵已進入王宮，到處搜掠東西。一群兵士走到燈臺跟前，個個認定是金的，都爭著要動手擊毀，以為人人可以平分一份。幸而主帥來到，說：「這燈臺是要獻給大王的，不許毀壞。」大家才不敢動手，他教十幾個兵士守著，當天把它搬上火車，載回本國去。

　「好美的燈臺！」羝原國的王鳶眼看見元帥把戰利品排在寶座前的時候這麼說。他命人把它送到他最喜歡的玉華公主的寢室去。難勝躺在燈臺裡，聽見這話，暗中叫屈，因為他原來是希望被放在國王的寢宮裡，好乘機會殺了他的。但

是他一聲也不敢響，安然地被放在公主的房裡。

公主進來，叫宮女們都來看這新受賜的寶燈，人人看了都讚美一番。有一個宮女說：「這燈臺來得正好，過兩個月，不是公主的生日嗎？我們可以把它點起來，請大王和王后來賞玩。」

「這得用多少油呢？」另一個宮女這樣問。她數著，忽然發覺了什麼似地，嚷起來：「你看！這燈臺是假的！」大家以為她有什麼發見，都注視著她。她卻說：「沒有油盞，怎樣點呢？」又一個說：「就使有油盞，一千盞燈，得多少人來點？」當下議論紛紛，毫無結果。玉華也被那上頭的寶光眩惑住，不去注意點它的方法。

夜深了，玉華睡在床上，宮女們也歇息去了。難勝輕輕地從燈臺跳出來，手裡拿著一把刀，慢慢踱到公主的床邊。在稀微的燈光底下，看見她躺著，直像對著一片被月光照耀的銀渚。她胸前的一高一低，直像沙頭的微浪在寒光底下蕩漾著。他看呆了，因為世間從來沒有比對著這樣一個美人更能動人心情的事。他沒想著那是仇人的女兒，反而發生了戀慕的情懷。他把刀放下，從身上取出一個小金盒，打開，在燈光底下用小刀輕輕地刻了幾個字：「送給最可愛的公主。」刻完之後，合回去，輕微地放在公主的枕邊。他不敢驚動公主，只守著她，到聽見掌燈火的宮女的腳步聲，才急忙地踏進燈臺去。

第二天早晨，公主醒來，摩著枕邊底小金盒，就非常驚異。可是她不敢聲張，心裡懷疑是什麼天神鬼怪之類。晚煙又上來了，公主回到寢室去。到第二一早晨，她在枕邊又得到一個很寶貴的戒指。這樣一連好些日子，什麼手鐲、足釧、耳環、臂纏種種女子喜歡的裝飾品都莫名其妙地從枕頭邊得著了，而且比她在大典大節時候所用的還要好得多。原來康國的風俗，男女的裝飾品沒有多大的分別；他所贈與的，都是他日常所用的。

　　公主倒好奇起來了，她立定主意要看看夜間那來送東西的人物。但是她常熟睡，候了好幾夜都沒看見。最後，她不告訴別人，自己用針把小指頭刺傷，為的是教夜間因痛而睡不著。到夜靜之後，果然看見燈臺底中柱開了一扇門，從門裡跳出一個美男子來。她像往時一樣，睡在床上，兩眼卻微微地開著。那男子走近床邊，正要把一顆明珠放在她枕邊，她忽然坐起來，問：「你是誰？」

　　難勝看見她起來，也不驚惶，從容地回答說：「我是你的俘虜。」

　　「你是燈臺精罷？」

　　「我是人，是難勝太子。你呢？」

　　「我名叫玉華。」

　　麼主也曾聽人說過難勝太子的才幹，一來心裡早已羨慕，二來要探探究竟，於是下床把燈弄亮了，請他坐下。彼

此相對著，便互相暗讚彼此的美麗。從此以後，每夜兩人必聚談些時，才各自睡去。從此以後，公主也命人每日多備些好吃的東西，放在房裡。這樣日子久了，就惹起宮女們的疑惑，她們想著公主的食糧忽然增加起來，而且據她說都是要在夜間睡了一會才起來吃的。不但如此，洗衣服的宮女也理會到常洗著奇怪的衣服，不是公主平日所穿的。她們大家都以為公主近來有點奇怪，大家都願意輪流著伺察她在夜間地動靜。

自從玉華與難勝親熱之後，公主便不許任何人在她睡後到她的臥室裡，連掌燈的宮女也不教進去，她也不要燈光了。她住的宮廷是靠著一個池塘，在月明之夜，兩人坐在窗邊，看月光印在水裡，玉簪和晚香玉的香氣不時掠襲過來，更幫助了他們相愛的情。在眾星曆落的時分，就有無數的螢火像拿著燈的一群小仙人在樹林中做閒逸的夜遊。他倆每常從窗戶跳出去，到水邊坐下談心。在幽靜的夜間，彼此相對著，使他們感到天地間的一切都是屬於他們的。

宮女們輪流偵察的結果，使宮中遍傳公主著了邪魔。有些說聽見公主在池邊和男子談話，有些說看見一個人影走近燈臺就不見了，但是公主一點也不知道大家的議論，她還是每夜與難勝相會，雖然所談的幾乎是一樣的話，可是在他們彼此聽來，就像唱著一闋百聽不厭的妙歌，雖然唱了再唱，聽過再聽，也不覺得是陳腐。

這事情教王后知道了，她怕公主被盤問不好意思，只教人把燈臺移到大堂中間。公主很不願意，但王后對她說：「你的生日快到了，留著那珍貴的燈臺不點做什麼？」

　　「兒不願意看見這燈臺被弄髒了，除非媽媽能免掉用油蠟一類的東西，使全座燈臺用過像沒用一樣，兒才願意咧。」玉華公主這個意思當然是從難勝得著的。難勝父王把難題交給他，公主又同調地把它交給母后。可是她的母親並不重視她的難題，只說：「要燈臺不髒還不容易嗎？難道我們沒有夜明珠？我到你父親的寶庫裡檢出一千顆出來放在燈盞上不就成了嗎？」她於是教人到庫裡去要，可是真正的夜明珠是不容易得到，司寶庫的官吏就給王后出一個主意，教她還是把工匠召來，做上一千盞燈，說明不許用油和蠟。工匠得了這個難題便到處請教人家，至終給他打聽出一個方法。

　　他聽見人說在北方很遠的地方有個山坑，恆常地發出一種氣體，那裡的人不點油，不用蠟，只用那種氣。他想這個很符合王后的要求，於是請求王后給他多些日子預備，把燈盞的大小量好，騎著千里馬到那地方去。他看見當地的人們用豬膀胱來盛那種氣體，便蒐集了二千個，用好幾天的功夫把它們充滿了，才趕程回都城去。

　　在預備著燈盞的時候，玉華老守著那座燈。甚至晚上也鋪上一張行床在旁邊。王后不願意太拂她的意思，只令一個

待女在她身邊侍候。在侍女躺在床上的時候，她用一種安眠香輕輕地放在她鼻孔旁邊，這樣可以使她一覺睡到天明，玉華仍然可以和難勝在大堂的一個犄角的珠幔底下密談。

工匠回到都城，將每個豬膀胱都嵌在金球裡，每個金球的上端露出一根小小的氣管，遠看直像一顆金橙子。管與球的連接處有個小掣可以擰動。那就是管制燈火大小的關鍵。好容易把一千個燈球做好了，把一千個豬膀胱裝進去，其餘一千個留著替換。

玉華的生日到了。王與后為她開了很大的宴會，當夜把燈臺上的一千盞燈點著了。果然一點油髒和煤臭都沒有，而且照得滿庭光亮無比。正在歌舞得高興的時候，臺柱裡忽然跳出一個人，嚇得貴賓們都各自躲藏起來，他們都以為是神怪出現。玉華也嚇楞了，原來難勝在燈臺裡受不了一千盞燈火的熱，迫得他要跳出來，國王的侍衛們沒等他走到王跟前就把他逮起來。王在那裡審問他，知道他是什麼人以後，就把他送到牢裡去。

玉華要上前去攔住，反被父王申斥了一頓，不由得大哭著往自己的寢室去了。

自從那晚上起，玉華老躺在床上，像害很重的病，什麼都不進口。王后著急，鳶眼王也很心痛，因為她們只有這個愛女。王后勸王把難勝放出來與她結婚，鳶眼王為國仇的關係老不肯點頭。他一面教把難勝刑罰得遍體受傷，把他監

在城外一個暗洞；一面教宣令官布告全國尋找名醫。這樣的病，不說全國，就是全世界也少有人能夠把它治好的。現在先要辦的事是用方法教玉華吃東西，因為她的身體越來越荏弱了。御膳房所做的羹湯沒有一樣是她要吃的。王於是命令全國的人都試做一碗或一盆菜羹，如公主吃了那人所做的東西，他就得受很寶貴的獎品，而且可以自己挑選。

我們記得當日難勝太子當國破家亡的時候曾教他的學伴自己逃生。這個學伴名叫慧思，也流落到衹原國的都城來。他是為著打聽難勝的下落來的，所以不敢有固定的職業，只是到處乞食，隨地打聽。宮裡的變故他已聽說過，所以他用盡方法去打聽難勝監禁的地方。他從一個獄卒那裡知道太子是被禁在城外一個暗洞裡，便到那裡去查勘。原來那是一個水洞，洞裡的水有七、八尺深，從洞口泅水進去，許久還不到盡頭處，而且從來就沒有人敢這樣嘗試過。洞裡的黑暗簡直不能形容，曾有人用小筏持火把進去，但走不到百尺，火就被洞裡的風吹滅了。所說洞裡那邊是通天上的，如有人走到底，他便會成仙，可是一向也沒有人成功過，甚至常見屍首漂流出來，很奇怪的是洞裡的水老向洞口流出，從沒見過水流進去。王教人把難勝幽禁在暗洞的深處，那裡頭有一個浮礁，可容四、五人，歷來犯重罪的人都被送到那上頭去。犯人一到裡頭只好等死，無論如何，不能逃生。

難勝在那洞裡經過三天，睜著眼，什麼都看不見，身上

的傷痕因著冷氣漸漸不覺得痛苦，可是他是沒法逃脫的。離他躲的地方兩、三尺，四圍都是水，所以他在那裡只後悔不該與仇人的女兒做朋友，以至仇沒報得，反被拘禁起來。

　　慧思知道太子在洞裡，可沒法拯救他。他想著唯有教玉華公主知道，好商量一個辦法。他立找個機會與公主見面，可巧鳶眼王徵求調羹的命令發出來，於是他也預備一鉢盂的菜湯送到王宮去。眾守衛看見他穿得那麼襤褸，用的是乞丐的鉢盂，早就看不起他，比著劍要驅逐他。其中一個人說：「看你這樣賤相，配做菜給公主嘗嗎？一大幫的公子王孫用金盆、銀盞來盛東西，她還看不上眼哪。快走罷，一會大王出來大家都不方便。」

　　「好老爺，讓我把這點粗東西獻給公主罷。我知道公主需要這樣特異的風味。若是她肯嘗，我必要將所得一半報答你們。」

　　守衛的兵士商量了一會，便領他進宮裡去。宮女們都掩著嘴偷笑，或捏著鼻子走開。他可很莊嚴，直像領班的宰相在大街上走著一般。到公主的寢室門口，侍女要上前來接他手捧著的鉢盂，他說：「我得親自獻給公主，不然，這湯的味道就會差了。」侍女不由得把他領到公主床邊，公主一睜眼看見是個乞丐，就很生氣說：「你是哪裡來的流氓，敢冒昧地到我這裡來？」

　　慧思說：「公主，請不要憑外貌來評定人，我這鉢盂菜

湯除掉難勝太子嘗過以外，誰也沒嘗過。公主請⋯⋯」

他還沒說完，玉華已被太子的名字吸住了。她急問：「你認得難勝太子麼？你是誰？」

他把手上戴著的一個戒指向著公主說：「我是他的學伴。我手上戴的是他贈與我的。他有一對這樣的戒指，我們兩人分著戴。」

公主注視那戒指，果然和太子所給她的是一對東西。不由得坐起來，說：「好，你把湯端來我嘗嘗。」

她一面喝，一面問慧思與太子的關係。那時侍女們都站得遠遠地，他們說什麼都聽不見，只看見公主起來喝著那乞丐的東西，有一個性急的宮女趕緊跑到王面前報告。王隨即到公主寢室裡來。

「你說！現在你想要求什麼呢？」王問。

「求大王賜給我那陳列在大庭中間的金燈臺。」

王一聽見要那金燈臺便注視著慧思，他問：「那燈臺於你有什麼用呢？看你的樣子，連房子都不會有一間的，那東西你拿去安排那裡？」

慧思心裡以為若要到黑洞裡去找難勝，非得用那座燈臺不可，因為它可以發出很大的光，而且每盞都有燈罩，不怕洞裡的風把它吹滅了，但是鳶眼盤問之後，知道他也是難勝的人，不由得大怒，立刻命令侍衛來把他拖下去，也幽禁在那暗洞裡。侍衛還沒到之前，宮女忽然來報宰相在外庭有要

事要見他。王於是逕自出去了。

　　玉華叫慧思到她的床前，安慰她。在宮裡，無論如何他是不能逃脫的。他只告訴公主他要那座燈臺的意思。公主知道難勝被幽在洞裡，也就教他先去和太子作伴，等她慢慢想方法把那座燈臺弄出宮外去，剛剛說了幾句話，侍衛們便來把慧思帶出去了。

　　慧思在路上受盡許多侮辱，他只低著頭任人恥笑，因自己有主意，一點也不發作，怒氣只隱藏在心裡，非要等到復國那一天，最好是先不要表示什麼。他們來到水邊，兩個獄卒把慧思放在筏上，慢慢地撐進洞裡。那兩人是進去慣了的，他們知道撐幾篙就可以到那浮礁。把慧思推上去之後，還從原筏泛出來。

　　慧思摩觸難勝，對他說：「我是慧思呀。」又告訴他怎樣從公主那裡來，難勝的創痕雖好了些，可是餓得動不得了，好在慧思臨出宮廷的時候，公主暗自把一些吃的掖在她懷裡。他就取出來，在黑暗中遞到太子的嘴裡。

　　洞裡是永遠的夜，他們兩個不說話的時候，除去滴水和流水的聲音以外，一點也聽不見什麼。他們不曉得經過多少時候，忽然看見遠遠有光射進來，不覺都坐在礁上觀望。等到那光越來越近，才聽見玉華喊叫難勝的聲音。她踏上浮礁，與難勝相見。這時滿洞都光亮得很筏上的燈臺印在水面，光度更加上一倍。

玉華公主開始說她怎樣慫恿母后把燈臺交給金匠去熔化掉，然後教一兩個親近的人去與那匠人說通了，用高價把它買回來，偷偷地運出城外去。有一個親信的宮女的家就在那洞口的水邊，就把那燈臺暫時藏在那裡。她的難題在要把燈臺送進洞裡去的時候就發生了。小小的筏子絕不能載得起那麼重的金燈臺，而且燈球當著洞口的風也點不著，公主私自在夜間離開宮廷，幫著點燈，在太陽沒出來以前又趕著回宮去。這樣做了好些晚上，可是燈點著了，筏子又載不起，至終把燈球的氣都點完了。到最後幾盞，在將滅未滅的時候，忽然樹林裡飛來一人群的螢火，有些不曉得怎樣飛進燈罩裡去，不能出來，在罩裡射出閃閃爍爍的光輝。這個，激發了公主的心思，她想為什麼不把螢火裝在一千盞燈裡頭呢？她即有了主意，幾個親信人立刻用紗縫了些網子到水邊各處去捕獲。不到兩晚上，已經裝滿了一千盞燈。公主一面又想著怎樣把燈臺安在小筏上面。最後她決定用那一千個金球，連結起來，放在水面，然後把籤子壓在球上頭。這樣做法，使筏子的浮力增加了好些倍，燈臺於是被安置得上。一切都安排好了，公主和兩個親近的人就慢慢地撐進洞裡去。幸而水流還不很急，燈臺和人在筏子上也有相當的重量，所以進行得很順利。

　　洞裡現在是充滿了青光，一切都顯得更美麗。好冒險的難勝太子提議暫時不出洞外，可以試試逆溯到洞底。大家因

為聽過傳說，若能達到洞底，就可以到另一個天地，就可以成仙，所以暫時都不從危險方面著想；而且人多膽壯，都同意溯流而進。慧思的力量是很大的，只有他一個人撐篙。那筏離開浮礁漸漸遠了。一路上看見許多怪樣的石頭，有時筏上人物的影子射在洞壁上頭，顯得青一片，黑一片的。在走了好些水程之後，果然遠遠地看見前面一點微光好像北極星那麼大。筏子再進前，那光丸越顯得大了些。他們知道那是另外一個洞口，便鼓著勇氣，大家撐起來，不到兩個時辰，竟然出了洞口。原來這洞是一條暗河，難勝許久沒與強度的陽光接觸，不由得暈眩了一會。至終他認識所在的四圍好像是他從前曾在那裡打過獵的地方。他對慧思說：「這不是到了我們的國境嗎？這不就是龍潭嗎？你一定也認得這個地方。」慧思經過這樣提醒，也就認得是本國的邊境的龍潭，一向沒有人理會，那潭水還通著一條暗河。他說：「可不是？我們可以立刻回到宮裡去。」

　　康國自從常喜王陣亡了之後，就沒人敢承繼，因為大家都很尊敬難勝，知道他有一天終會回來，所以國政是由幾個老臣攝行。鳶眼王的軍隊侵略進來之後，大隊不久也自退出去了，只留下些小隊伍守著都城，太子同慧思到村落裡找村長。村長認得是小主，喜歡得很，立刻騎上馬到都城去，告訴那班老臣，幾個老臣趕到村裡來迎接他們，相見之下，悲喜交集。太子問了些國家大事，都說兵精糧足，可以報仇

了，現在散布在都城外的各地，所等待的只是一位領兵的元帥。現在太子回來，什麼都具備了。

慧思勸太子不要用兵，說：「對於鄰國是要和睦的，我們既有了精強的兵力，本來可以復仇，但是這不會太傷玉華公主的心嗎？不如把軍隊從剛才來的那個水洞送到那邊去，再分一隊把都城的敵兵圍起來，若不投降便殲滅他們。我單人去見國王，要他與我們訂盟，彼此不相侵略，從前的損失要他償還；他若不答應我們再開仗也不遲。他們一定不會防到我們的兵會從那水洞泛出來的。勝算操在我們手裡，我們為什麼要多殺人呢？」

這話把與會的文武官員都說服了。難勝即日登了王位，老臣們分頭調動軍隊，預備竹筏，又派慧思為使者騎著快馬到羝原國去。

鴟眼王看見當日的乞丐忽然以使者的身分現在他座前，不由得生氣，命人再把他送到黑洞裡去，慧思心裡只好笑，臨行的時候對他說：「大王不要太驕傲，我們的兵不久就會到你的城下來。」

兵士把他送進暗洞裡像往日一樣。但一到浮礁，早有難勝的哨兵站在那裡。他們把送慧思來的兵士綁起來，一面用螢火的光做信號報告到帥府。不到三個時辰，大兵已進到水洞。個個兵士頭上都頂著一盞螢燈，竹筏連結起來，簡直成為一條很長的浮橋。暗洞裡又充滿了青光，在水面像凌亂的

星星浮泛著。

　　大隊出了洞口，立刻進到都城。鳶眼王真是驚訝難勝進兵的神速，卻還不知道兵是從那裡來的，他恐慌了，群眾都勸他和平解決，於是派遣了最信任的宰相來到難勝軍帳中與他議和。難勝只要求償還歷次侵略的損失，和將玉華許配給他。這條件很順利地被接納了。他們把玉華公主送回國去，擇個吉日迎娶過來。

　　從此以後，那黑暗的水洞變成賞螢火的名勝，因為兩國人民從此和好，個個都憶起那條水和水邊的螢蟲，都喜歡到那裡去遊玩。

　　難勝把那座金燈臺仍然安置在宮廷中間。那是它永久的地方，它這回出國帶著光榮回來，使人人尊仰。所以每到夏夜，難勝王必要命人把螢火裝在一千個燈罩裡，為的是紀念他和玉華王后的舊事。

桃金娘

桃金娘

　　一個人沒有了母親是多麼可悲呢！我們常看見幼年的孤兒所遇到的不幸，心裡就會覺得在母親的庇蔭底下是很大的一份福氣。我現在要講從前一個孤女怎樣應付她的命運的故事。

　　在福建南部，古時都是所謂「洞蠻」住著的。他們的村落是依著山洞建築起來，最著名的有十八個洞。酋長就住在洞裡，稱為洞主。其餘的人們搭茅屋圍著洞口，儼然是聚族而居的小民族。十八洞之外有一個叫做仙桃洞，出的好蜜桃，民眾都以種桃為業，拿桃實和別洞的人們交易，生活倒是很順利的。洞民中間有一家，男子都不在了，只剩下一個姑母、一個小女兒金娘。她生下來不到二個月，父母在桃林裡被雷劈死了。迷信的洞民以為這是他們二人犯了什麼天條，連他們的遺孤也被看為不祥的人。所以金娘在社會裡是沒人敢與她來往的。雖然她長得絕世的美麗，村裡的大歌舞會她總不敢參加，怕人家嫌惡她。

　　她有她自己的生活，她也不怨恨人家，每天幫著姑母做些紡織之外，有工夫就到山上去找好看的昆蟲和花草。有時人看見她戴得滿頭花，便笑她是個瘋女子，但她也不在意。她把花草和昆蟲帶回茅寮裡，並不是為玩，乃是要辨認各樣的形狀和顏色，好照樣在布匹上織上花紋。她是一個多麼聰明的女子呢！姑母本來也是很厭惡她的，從小就罵她，打她，說她不曉得是什麼妖精下凡，把父母的命都送掉。但自

金娘長大之後，會到山上去採取織紋的樣本，使她家的出品受洞人們的喜歡，大家拿很貴重的東西來互相交易，她對侄女的態度變好了些，不過打罵還是不時會有的。

因為金娘家所織的布花樣都是日新月異的，許多人不知不覺地就忘了她是他們認為不詳的女兒，在山上常聽見男子的歌聲，唱出底下的辭句：

你去愛銀姑，我卻愛金娘。

銀姑歌舞雖漂亮，不如金娘衣服好花樣。

歌舞有時歇，花樣永在衣裳上。

你去愛銀姑，我來愛金娘，我要金娘給我做的好衣裳。

銀姑是誰？說來是有很有勢力的，她是洞主的女兒，誰與她結婚，誰就是未來的洞主。所以銀姑在社會裡，誰都得巴結她。因為洞主的女兒用不著十分勞動，天天把光陰消磨在歌舞上，難怪她舞得比誰都好。她可以用歌舞教很悲傷的人快樂起來，但是那種快樂是不恆久的，歌舞一歇，悲傷又走回來了。銀姑只聽見人家讚她的話，現在來了一個藝術的敵人，不由得嫉妒心發作起來，在洞主面前說金娘是個狐媚子，專用顏色來蠱惑男人。洞主果然把金娘的姑母叫來，問她怎樣織成蠱惑男人的布匹，她一定是使上巫術在所織的布上了。必要老姑母立刻把金娘趕走，若是不依，連她也得走。姑母不忍心把這消息告訴金娘，但她已經知道她的意

思了。

　　她說：「姑媽，你別瞞我，洞主不要我在這裡，是不是？」

　　姑母沒做聲，只看著她還沒織成的一匹布滴淚。

　　「姑媽，你別傷心，我知道我可以到一個地方去，你照樣可以織好看的布。你知道我不會用巫術，我只用我的手藝。你如要看我的時候，可以到那山上向著這種花叫我，我就會來與你相見的。」金娘說著，從頭上摘下一枝淡紅色的花遞給她的姑母，又指點了那山的方向，什麼都不帶就望外走。

　　「金娘，你要到哪裡去，也得告訴我一個方向，我可以找你去。」姑母追出來這樣對她說。

　　「我已經告訴你了，你到那山上，見有這樣花的地方，只要你一叫金娘，我就會到你面前來。」她說著，很快地就向樹林裡消逝了。

　　原來金娘很熟悉山間的地理，她知道在很多淡紅花的所在有許多野果可以充飢。在那裡，她早已發現了一個僅可容人的小洞，洞裡的墊褥都是她自己手織的頂美的花布。她常在那裡歇息，可是一向沒人知道。

　　村裡的人過了好幾天才發見金娘不見了，他們打聽出來是因為一首歌激怒了銀姑，就把金娘攆了。於是大家又唱起來：

誰都恨銀姑，誰都愛金娘。

銀姑雖然會撒謊，不能塗掉金娘的花樣。

撒謊塗汙了自己，花紋還留衣裳上。

誰都恨銀姑，誰都想金娘，金娘回來，給我再做好衣裳。

銀姑聽了滿山的歌聲都是怨她的辭句，可是金娘已不在面前，也發作不了。那裡的風俗是不能禁止人唱歌的。唱歌是民意的表示，洞主也很詫異為什麼群眾喜歡金娘。有一天，他召集族中的長老來問金娘的好處。長老們都說她是一個頂聰明勤勞的女子，人品也好，所差的就是她是被雷劈的人的女兒；村裡有一個這樣的人，是會起紛爭的。看現在誰都愛她，將來難保大家不為她爭鬥，所以把她攆走也是一個辦法。洞主這才放了心。

天不作美，一連有好幾十天的大風雨，天天有雷聲繞著桃林。這教村裡人個個擔憂，因為桃子是他們唯一的資源。假如桃樹叫風拔掉或教水沖掉，全村的人是要餓死的。但是村人不去防衛桃樹，卻忙著把金娘所織的衣服藏在安全的地方。洞主問他們為什麼看金娘所織的衣服林桃樹重。他們就唱說：

桃樹死掉成枯枝，金娘織造世所稀。

桃樹年年都能種，金娘去向無人知。

　　洞主想著這些人們那麼喜歡金娘，必得要把他們的態度改變過來才好。於是他就和他的女兒銀姑商量，說：「你有方法教人們再喜歡你麼？」

　　銀姑唯一的本領就是歌舞，但在大雨滂沱的時候，任她的歌聲嘹亮也敵不過雷音泉響，任她的舞態輕盈，也踏不了泥淖礫場。她想了一個主意，走到金娘的姑母家，問她金娘的住處。

　　「我不知道她住在那裡，可是我可以見著她。」姑母這樣說。

　　「你怎樣能見著她呢？你可以教她回來麼？」

　　「為什麼又要她回來呢？」姑母問。

　　「我近來也想學織布，想同她學習學習。」

　　姑母聽見銀姑的話就很喜歡地說：「我就去找她。」說著披起蓑衣就出門。銀姑要跟著她去，但她阻止她說：「你不能跟我去，因為她除我以外，不肯見別人。若是有人跟我去，她就不出來了。」

　　銀姑只好由她自己去了。她到山上，搖著那紅花，叫：「金娘，你在那裡？姑媽來了。」

　　金娘果然從小林中踏出來，姑母告訴她銀姑怎樣要跟她學織紋。她說，「你教她就成了，我也沒有別的巧妙，只留神草樹的花葉，禽獸的羽毛，和到山裡找尋染色的材料而已。」

姑母說：「自從你不在家，我的染料也用完了，怎樣染也染不出你所染的顏色來。你還是回家把村裡的個個女孩子都教會了你的手藝罷。」

「洞主怎樣呢？」

「洞主的女兒來找我，我想不致於難為我們罷。」

金娘說：「最好是叫銀姑在這山下搭一所機房，她如誠心求教，就到那裡去，我可以把一切的經驗都告訴她。」

姑母回來，把金娘的話對銀姑說。銀姑就去求洞主派人到山下去搭棚。眾人一聽見是為銀姑搭的，以為是為她的歌舞，都不肯去做，這教銀姑更嫉妒。她當著眾人說：「這是為金娘搭的。她要回來把全洞的女孩子都教會了織造好看的花紋。你們若不信，可以問問她的姑母去。」

大家一聽金娘要回來，好像吃了什麼興奮藥，都爭前恐後地搭竹架子，把各家存著的茅草搬出來。不到兩天工夫，在陰晴不定的氣候中把機房蓋好了，一時全村的女兒都齊集在棚裡，把織機都搬到那裡去，等著金娘回來教導她們。

金娘在眾人企望的熱情中出現了，她披著一件帶寶光的蓑衣，戴的一頂籜笠，是她在小洞裡自己用細樹皮和竹籜交織成的，眾男子站在道旁爭著唱歡迎她的歌：

大雨淋不著金娘的頭；

大風飄不起金娘的衣。

> 風絲雨絲，金娘也能接它上織機；
> 她是織神的老師。

金娘帶著笑容向眾男子行禮問好，隨即走進機房與眾婦女見面。一時在她指導底下，大家都工作起來。這樣經過三、四天，全村的男子個個都企望可以與她攀談，有些提議晚間就在棚裡開大宴會。因為她回來，大家都高興了。又因露天地方雨水把土地淹得又溼又滑，所以要在棚裡舉行。

銀姑更是不喜歡，因為連歌舞的后座也要被金娘奪去了。那晚上可巧天晴了，大家特別興奮，無論男女都預備參加那盛會。每人以穿著一件金娘所織的衣服為榮；最低限度也得搭上一條她所織的汗巾，在燈光底下更顯得五光十色。金娘自己呢，她只披了一條很薄的輕紗，近看是像沒穿衣服，遠見卻像一個人在一根水晶柱子裡藏著，只露出她的頭——一個可愛的面龐向各人微笑。銀姑呢，她把洞主所有的珠寶都穿戴起來，只有她不穿金娘所織的衣裳。但與金娘一比，簡直就像天仙與獨眼老獼猴站在一起。大家又把讚美金娘的歌唱起來，銀姑覺得很窘，本來她叫金娘回來就是不懷好意的，現在怒火與妒火一齊燃燒起來，趁著人不覺得的時候，把茅棚點著了，自己還走到棚外等著大變故的發生。

一會火焰的舌伸出棚頂，棚裡的人們個個爭著逃命。銀姑看見那狼狽情形一點也沒有惻隱之心，還在一邊笑，指著

這個說：「嚇嚇！你的寶貴的衣服燒焦了！」對著那個著說；「喂，你的金娘所織的衣服也是禁不起火的！」諸如此類的話，她不曉得說了多少。金娘可在火棚裡幫著救護被困的人們，在火光底下更顯出她為人服務的好精神。忽然嘩喇一聲，全個棚頂都塌下來了，裡面只聽見嚷救的聲音。正在燒得猛烈的時候，大雨忽然降下，把火淋滅了。可是四周都是漆黑，火把也點不著，水在地上流著，像一片湖沼似地。

第二天早晨，逃出來的人們再回到火場去，要再做救人的工作，但仔細一看，場裡的死屍堆積很多，幾乎全是村裡的少女。因為發現火頭起來的時候，個個都到織機那裡，要搶救她們所織的花紋布。這一來可把全洞的女子燒死了一大半，幾乎個個當嫁的處女都不能倖免。

事定之後，他們發見銀姑也不見了。大家想著大概是水流沖激的時候，她隨著流水沉沒了。可是金娘也不見了！這個使大家很著急，有些不由得流出眼淚來。

雨還是下個不止，山洪越來越大，桃樹被沖下來的很多，但大家還是一意找金娘。忽然霹靂一聲，把洞主所住的洞也給劈開了，一時全村都亂著名逃性命。

過了些日子天漸晴回來，四圍恢復了常態，只是洞主不見。他是給雷劈死的，一時大家找不著銀姑，所以沒有一個人有資格承繼洞主的地位。於是大家又想起金娘來，說：「金娘那麼聰明，一定不會死的。不如再去找找她的姑母，看看

有什麼方法。」

　　姑母果然又到山上去，向著那小紅花嚷說：「金娘，金娘，你回來呀，大家要你回來，你為什麼不回來呢？」

　　隨著這聲音，金娘又面帶笑容，站在花叢裡，說：「姑媽，要我回去幹什麼？所有的處女都沒有了。我還能教誰呢？」

　　「不，是所有的處男要你，你去安慰他們罷。」

　　金娘於是又隨著姑母回到茅寮裡，所有的未婚男子都聚攏來問候她，說：「我們要金娘做洞主。金娘教我們大家紡織，我們一樣地可以紡織。」

　　金娘說：「好，你們如果要我做洞主，你們用什麼來擁護我呢？」

　　「我們用我們的工作來擁護你，把你的聰明傳播各洞去。教人家覺得我們的布匹比桃實好得多。」

　　金娘於是承受眾人的擁戴做起洞主來。她又教大家怎樣把桃樹種得特別肥美。在村裡，種植不忙的時候，時常有很快樂的宴會。男男女女都能採集染料，和織造好看有布匹，一直做到她年紀很大的時候，把所有織布、染布的手藝都傳給眾人。最後，她對眾人說：「我不願意把我的遺體現在眾人面前教大家傷心，我去了之後，你們當中，誰最有本領、最有為大家謀安全的功績的，誰就當洞主。如果你們想念我，我去了之後，你們看見這樣的小紅花就會記起我來。」

說著她就自己上山去了。

　　因為那洞本來出桃子，所以外洞的人都稱呼那裡的眾人為「桃族」。那仙桃洞從此以後就以織紋著名，尤其是織著小紅花的布，大家都喜歡要，都管它叫做「桃金娘布」。

　　自從她的姑母去世之後，山洞的方向就沒人知道。全洞人只知道那山是金娘往時常到的，都當那山為聖山，每到小紅花盛開時候，就都上山去，冥想著金娘。所以那花以後就叫做「桃金娘」了。

　　對於金娘的記憶很久很久還延續著，當我們最初移民時，還常聽到洞人唱的：

　　　桃樹死掉成枯枝，金娘織造世所稀。
　　　桃樹年年都能種，金娘去向無人知。

海角底孤星

　　一走近舷邊看浪花怒放的時候，便想起我有一個朋友曾從這樣的花叢中隱藏他底形海這個印象，就是到世界底末比，我也忘不掉。

　　這樁事情離現在已經十年了。然而他在我底記憶裡卻不像那麼久遠。他是和我一同出海的。新婚的妻子和他同行，他很窮，自己買不起頭等艙位。但因新人不慣行旅的緣故，他樂意把平生的蓄積盡量地傾瀉出來，為他妻子定了一間頭等艙。他在那頭等船票的傭人格上填了自己底名字，為的要省些資財。

　　他在船上哪裡像個新郎，簡直是妻底奴隸！旁人底議論，他總是不理會的。他沒有什麼朋友，也不願意在船上認識什麼朋友，因為他覺得同舟中只有一個人配和他說話。這冷僻的情形，凡是帶著妻子出門的人都是如此，何況他是個新婚者？船向著赤道走，他們底熱愛，也隨著增長了。東方人底戀愛本帶著幾分爆發性，縱然遇著冷氣，也不容易收縮，他們要去的地方是檳榔嶼附近一個新闢的小埠。下了海船，改乘小舟進去。小河邊滿是椰子、棕棗和樹膠林。輕舟載著一對新人在這神祕的綠蔭底下經過，赤道下底陽光又送了他們許多熱情、熱覺、熱血汗，他們更覺得身外無人。

　　他對新人說：「一這樣深茂的林中，正合我們幸運的居處。我願意和你永遠住在這裡。」

　　新人說：「這綠得不見天日的林中，只作浪人底墳墓罷

了……」他趕快截住說：「你老是要說不吉利的話！然而在新婚期間，所有不吉利的語言都要變成吉利的。你沒念過書，哪裡知道這林中底樹木所代表的意思。書裡說：『椰子是得子息的徽識樹，』因為椰子就是『迓子』。棕棗是表明愛與和平。樹膠要把我們的身體黏得非常牢固。至於分不開。你看我們在這林中，好像雙星懸在洪蒙的穹蒼下一般。雙星有時被雷電嚇得躲藏起來，而我們常要聞見許多歌禽底妙音和無量野花底香味。算來我們比雙星還快活多了。」

新人笑說，「你們念書人底能幹只會在女人面前搬唇弄舌罷；好聽極了！聽你的話語，也可以不用那發妙音的鳥兒了，有了別的聲音，倒嫌噪雜咧！----可是，我的人哪，設使我一旦死掉，你要怎辦呢？」

這一問，真個是平地起雷咧！但不曉得新婚的人何以常要發出這樣的問。不錯的，死底恐怖，本是和快樂底願望一齊來的呀。他底眉不由得不皺起來了，酸楚的心卻擁出一副笑臉，說：「那麼，我也可以做個孤星。」「咦，恐怕孤不了罷。」

「那麼，我隨著你去，如何？」他不忍看著他底新人，掉頭出去向著流水，兩行熱淚滴下來，正和船頭激成的水珠結合起來。新人見他如此，自然要後悔，但也不能對她丈夫懺悔，因為這種悲哀底黴菌，眾生都曾由母親底胎裡傳染下來，誰也沒法醫治的。她只能說：「得啦，又傷心什麼？

你不是說我們在這時間裡，凡有不言利的話語，都是吉利的麼？你何不當作一種吉利話聽？」她笑著，舉起丈夫底手，用他底袖口，幫助他擦眼淚。

他急得把妻子底手摔開說：「我自己會擦。我底悲哀不是你所能擦，更不是你用我底手所能滅掉的，你容我哭一會罷。我自己知道很窮，將要養不起你，所以你……」妻子忙殺了，急掩著他底口，說：「你又來了。誰有這樣的心思？你要哭，哭你的，不許再往下說了。」

這對相對無言的新夫婦，在沉默中隨著流水灣行，一直駛入林蔭深處。自然他們此後定要享受些安泰的生活。然而在那郵件難通的林中，我們何從知道他們底光景？

三年的工夫，一點消息也沒有！我以為他們已在林中做了人外的人，也就漸漸把他們忘了。這時，我底旅期已到，買舟從檳榔嶼回來。在二等艙上，我遇見一位很熟的旅客。我左右思量，總想不起他底名姓，幸而他還認識我，他一見我便叫我說：「落君，我又和你同船回國了！你還記得我嗎！我想我病得這樣難看，你絕不能想起我是誰。」他說我想不起，我倒想起來了。

我很驚訝，因為他實在是病得很厲害了。我看見他妻子不在身邊，只有一個咿啞學舌的小嬰孩躺在床上。不用問，也可斷定那是他底子息。

他倒把別來的情形給我說了。他說：「自從我們到那裡，

她就病起來。第二年，她生下這個女孩，就病得更厲害了。唉，幸運只許你空想的！你看她沒有和我一同回來，就知道我現在確是成為孤星了。」

　　我看他憔悴的病容，委實不敢往下動問，但他好像很有精神，願意把一切的情節都說給我聽似的。他說話時，小孩子老不容他暢快地說。沒有母親的孩子，特別愛哭，他又不得不撫慰她。因此，我也不願意擾他，只說：「另日你精神清爽的時候，我再來和你談罷。」我說完，就走出來。

　　那晚上，經過馬來海峽，船震盪得很。滿船底人，多犯了「海病」。第二天，浪平了。我見管艙的侍者，手忙腳亂地拿著一個麻袋，往他底艙裡進去。一問，才知道他已經死了，侍者把他底屍洗淨，用細臺布裹好，拿了些廢鐵、幾塊煤炭，一同放入袋裡，縫起來。他底小女兒還不知這是怎麼一回事，只咿啞地說了一兩句不相干的話。她會叫「爸爸」、「我要你抱」、「我要那個」等等簡單的話。在這時，人們也沒工夫理會她、調戲她了，她只獨自說自己的。

　　黃昏一到，他底喪禮，也要預備舉行了。侍者把麻袋拿到船後底舷邊。燒了些楮錢，口中不曉得念了些什麼，念完就把麻袋推入水裡。那裡船底推進機停了一會，隆隆之聲一時也靜默了。船中知道這事的人都遠遠站著看，雖和他沒有什麼情誼。然而在那時候卻不免起敬的。這不是從友誼來的恭敬，本是非常難得，他竟然承受了！他底海葬禮行過以

後，就有許多人談到他生平的歷史和境遇。我也鑽入隊裡去聽人家怎樣說他。有些人說他妻子怎樣好，怎樣可愛。他的病完全是因為他妻子底死，積哀所致的，照他底話，他妻子葬在萬綠叢中，他卻葬在不可測量的碧晶岩裡了。

　　旁邊有個印度人，拈著他那一大縷紅鬍子，笑著說：「女人就是悲哀底萌蘗，誰叫他如此？我們要避掉悲哀，非先避掉女人底糾纏不可。我們常要把小女兒獻給迦河神，一來可以得著神惠，二來省得她長大了，又成為一個使人悲哀的惡魔。」我搖頭說：「這只有你們印度人辦得到罷了，我們可不願意這樣辦。誠然，女人是悲哀底萌蘗，可是我們寧願悲哀和她同來，也不能不要她。我們寧願她嫁了才死，雖然使她丈夫悲哀至於死亡，也是好的。要知道喪妻底悲哀是極神聖的悲哀。」日落了，蔚藍的天多半被淡薄的晚雲塗成灰白色。在雲縫中，隱約露出一、兩顆星星。金星從東邊底海涯升起來，由薄雲裡射出它底光輝。小女孩還和平時一樣，不懂得什麼是可悲的事。她只顧抱住一個客人底腿，綿軟的小手指著空外底金罋，說：「星！我要那個！」她那副嬉笑的面龐，迥不像個孤兒。

別話

別話

　　黃昏的微光一分一分地消失，幸而房裡都是白的東西，眼睛不至於失了它們的辨別力。屋裡的靜默，早已布滿了死的氣色，看護婦又不進來，她的腳步聲只在門外輕輕地跳過去，好像告訴屋裡的人說：「生命的步履不望這裡來，離這裡漸次遠了。」

　　強烈的電光忽然從玻璃泡裡的金絲發出來。光的浪把那病人的眼瞼沖開。丈夫見她這樣，就回覆他的希望，懇摯地說：「你——你醒過來了！」

　　素輝好像沒有聽見這話，眼望著他，只說別的。她說：「嗳，珠兒的父親，在這時候，你為什麼不帶她來見見我？」

　　「明天帶她來。」

　　屋裡又沉默了許久。

　　「珠兒的父親哪，因為我身體軟弱、多病的緣故，教你犧牲許多光陰來看顧我，還阻礙你許多比服侍我更要緊的事。我實在對你不起。我的身體實不容我⋯⋯。」

　　「不要緊的，服侍你也是我應當做的事。」

　　她笑，但白的被窩中所顯出來的笑容並不是歡樂的標識。她說：「我很對不住你，因為我不曾為我們生下一個男兒。」

　　「哪裡的話！女孩子更好。我愛女的。」

　　淒涼中的喜悅把素輝身中預備要走的魂擁回來。她的精

神似乎比前強些，一聽丈夫那麼說，就接著道：「女的本不足愛：你看許多人——連你——為女人惹下多少煩惱！……不過是——人要懂得怎樣愛女人，才能懂得怎樣愛智慧。不會愛或拒絕愛女人的，縱然他沒有煩惱，他是萬靈中最愚蠢的人。珠兒的父親，珠兒的父親哪，你佩服這話麼？」

這時，就是我們——旁邊的人——也不能為珠兒的父親想出一句答辭。

「我離開你以後，切不要因為我就一輩子過那鰥夫的生活。你不要為我的緣故，依我方才的話愛別的女人。」她說到這裡把那隻幾乎動不得的右手舉起來，向枕邊摸索。

「你要什麼？我替你找。」

「戒指。」

丈夫把她的手扶下來，輕輕在她枕邊摸出一支玉戒指來遞給她。

「珠兒的父親，這戒指雖不是我們訂婚用的，卻是你給我的。你可以存起來，以後再給珠兒的母親，表明我和她的連屬。除此以外，不要把我的東西給她，恐怕你要當她是我；不要把我們的舊話說給她聽，恐怕她要因你的話就生出差別心，說你愛死的婦人甚於愛生的妻子。」她把戒指輕輕地套在丈夫左手的無名指上。丈夫隨著扶她的手與他的唇邊略一接觸。妻子對於這番厚意，只用微微睜開的眼睛看著他。除掉這樣的回報，她實在不能表現什麼。

別 話

　　丈夫說：「我應當為你做的事，都對你說過了。我再說一句，無論如何，我永久愛你。」

　　「咦，再過幾時，你就要把我的屍體扔在荒野中了！雖然我不常住在我的身體內，可是人一離開，再等到什麼時候，在什麼地方才能互通我們戀愛的消息呢？若說我們將要住在天堂的話，我想我也永無再遇見你的日子，因為我們的天堂不一樣。你所要住的，必不是我現在要去的。何況我還不配住在天堂？我雖不信你的神，我可信你所信的真理。縱然真理有能力，也不為我們這小小的緣故就永遠把我們結在一塊。珍重罷，不要愛我於離別之後。」

　　丈夫既不能說什麼話，屋裡只可讓死的靜寂占有了。樓底下恍惚敲了七下自鳴鐘。他為尊重醫院的規則，就立起來，握著素輝的手說：「我的命，再見罷，七點鐘了。」

　　「你不要走，我還和你談話。」

　　「明天我早一點來，你累了，歇歇罷。」

　　「你總不聽我的話。」她把眼睛閉了，顯出很不願意的樣子。丈夫無奈，又停住片時，但她實在累了，只管躺著，也沒有什麼話說。

　　丈夫輕輕躡出去。一到樓口，那腳步又退後走，不肯下去。他又躡回來，悄悄到素輝床邊，見她顯著昏睡的形態。枯澀的淚點滴不下來，只掛在眼瞼之間。

愛流汐漲

　　屋裡坐著一個中年的男子，他的心負了無量的愁悶。外面的月亮雖然還像去年那麼圓滿，那麼光明，可是他對於月亮的情緒就大不如去年了。當孩子進來叫他的時候，他就起來，勉強回答說：「寶璜，今晚上不必拜月，我們到院裡對著月光吃些果品，回頭再出去看看別人的熱鬧。」

　　孩子一聽見要出去看熱鬧，更喜得了不得。他說：「為什麼今晚上不拈香呢？記得從前是媽媽點給我的。」

　　父親沒有回答他。但孩子的話很多，問得父親越發傷心了。他對著孩子不甚說話。只有向月不歇地嘆息。

　　「爸爸今晚上不舒服麼？為何氣喘得那麼厲害？」

　　父親說：「是，我今晚上病了。你不是要出去看熱鬧麼？可以教素雲姐帶你去，我不能去了。」

　　素雲是一個年長的丫頭。主人的心思、性地，她本十分明白，所以家裡無論大小事幾乎是她一人主持。她帶寶璜出門，到河邊看看船上和岸上各樣的燈色，便中就告訴孩子說：「你爹爹今晚不舒服了，我們得早一點回去才是。」

　　孩子說：「爹爹白天還好好地，為何晚上就害起病來？」

　　「唉，你記不得後天是媽媽的百日嗎？」

　　「什麼是媽媽的百日？」

　　「媽媽死掉，到後天是一百天的工夫。」

　　孩子實在不能理會那「一百日」的深層意思。素雲只得說：「夜深了，咱們回家去罷。」

素雲和孩子回來的時候，父親已經躺在床上，見他們回來，就說：「你們回來了。」她跑到床前回答說：「二爺，我們回來了，晚上大哥兒可以和我同睡，我招呼他，好不好？」

　　父親說：「不必。你還是睡你的罷。你把他安置好，就可以去歇息，這裡沒有什麼事。」

　　這個七歲的孩子就睡在離父親不遠的一張小床上。外頭的鼓樂聲，和樹梢的月影，把孩子嬲得不能睡覺。在睡眠的時候，父親本有命令，不許說話，所以孩子只得默聽著，不敢發出什麼聲音。

　　樂聲遠了，在近處的雜響中，最刺激孩子的，就是從父親那裡發出來的啜泣聲。在孩子的思想裡，大人是不會哭的，所以他很詫異地問：「爹爹，你怕黑麼？大貓要來咬你麼？你哭什麼？」他說著就要起來，因為他也怕大貓。

　　父親阻止他，說：「爹爹今晚上不舒服，沒有別的事。不許起來。」

　　「咦，爹爹明明哭了！我每哭的時候，爹爹說我的聲音像河裡水聲淅淅地響，現在爹爹的聲音也和那個一樣。呀，爹爹，別哭了，爹爹一哭，教寶璜怎能睡覺呢？」

　　孩子越說越多，弄得父親的心緒更亂。他不能用什麼話來對付孩子，只說：「璜兒，我不是說過，在睡覺時不許說話麼？你再說時，爹爹就不疼你了。好好地睡罷。」

　　孩子只復說了一句：「爹爹要哭，教人怎樣睡得著呢？」
以後他就靜默了。

　　這晚上的催眠歌，就是父親的抽噎聲。不久，孩子也因
著這聲就發出微細的鼾息，屋裡只有些雜響伴著父親發出
哀音。

你所知的男子

「呀！他死了！」何小姐念完信，眼淚直流，她不曉得要怎辦才好。

她的朋友拿起信來看，也不覺傷心起來，但還勉強勸慰她說：「他不致於死的，這信裡也沒說他要自殺，不過發了一片牢騷而已。他是恐嚇你的，不要緊，過幾天，他一定再有信來。」

她還哭著，鐘已經打了七下，便對她的朋友說：「今晚上的跳舞會，我懶得去了。我教表哥介紹你給吳先生罷。你們三個人去得啦。」

她教人去請表少爺。表少爺卻以為表妹要在客廳裡看他所扮的時裝，便搖擺著進來。

吳博士看見他打扮得很時髦，臉模很像何小姐。心裡想這莫不是何小姐所要介紹的那一位。他不由得進前幾步深深地鞠了一躬，問，「這位是……？」

輔仁見表妹不在，也不好意思。但見他這樣誠懇，不由得到客廳門口的長桌上取了一張名片進來遞給他。

他接過去，一看是「前清監生，民國特科俊士，美國紐約克柯藍卑阿大學特贈博士，前北京政府特派調查歐美實業專使隨員，甄輔仁。」

「久仰，久仰。」

「對不住，我是要去赴化裝跳舞會的，所以扮出這個怪樣來，取笑，取笑。」

「豈敢，豈敢。美得很。」

危巣墜簡

給少華

近來青年人新興了一種崇拜英雄的習氣，表現的方法是跋涉千百里去向他們獻劍獻旗。我覺得這種舉動不但是孩子氣，而且是毫無意義。我們的領袖鎮日在戎馬倥傯、羽檄紛沓裡過生活，論理就不應當為獻給他們一把廢鐵鍍銀的、中看不中用的劍，或一面銅線盤字的幡不像幡、旗不像旗的東西，來耽誤他們寶貴的時間。一個青年國民固然要崇敬他的領袖，但也不必當他們是菩薩，非去朝山進香不可。表示他的誠敬的不是劍，也不是旗，乃是把他全副身心獻給國家。要達到這個目的，必要先知道怎樣崇敬自己，不會崇敬自己的，絕不能真心崇拜他人。崇敬自己不是驕慢的表現，乃是覺得自己也有成為一個有為有用的人物的可能與希望，時時刻刻地，兢兢業業地鼓勵自己，使他不會丟失掉這可能與希望。

在這裡，有個青年團體最近又舉代表去獻劍，可是一到越南，交通已經斷絕了。劍當然還存在他們的行囊裡，而大眾所捐的路費，據說已在異國的舞孃身上花完了。這樣的青年，你說配去獻什麼？害中國的，就是這類不知自愛的人們哪。可憐，可憐！

給樾人

　　每日都聽見你在說某某是民族英雄，某某也有資格做民族英雄，好像這是一個官銜，凡曾與外人打過一、兩場仗，或有過一、二分勳勞的都有資格受這個徽號。我想你對於「民族英雄」的觀念是錯誤的。曾被人一度稱為民族英雄的某某，現在在此地擁著做「英雄」的時期所榨取於民眾和兵士的錢財，做了資本家，開了一間工廠，驅使著許多為他的享樂而流汗的工奴。曾自詡為民族英雄的某某，在此地吸鴉片，賭輪盤，玩舞女和做種種墮落的勾當。此外，在你所推許的人物中間，還有許多是平時趾高氣揚，臨事一籌莫展的「民族英雄」。所以說，蒼蠅也具有蜜蜂的模樣，不仔細分辨不成。

　　魏冰叔先生說：「以天地生民為心，而濟以剛明通達沉深之才，方算得第一流人物。」凡是夠得上做英雄的，必是第一流人物，試問亙古以來這第一流人物究竟有多少？我以為近幾百年來差可配得被稱為民族英雄的，只有鄭成功一個人，他於剛明敏達四德具備，只惜沉深之才差一點。他的早死，或者是這個原因。其他人物最多只夠得上被稱為「烈士」、「偉人」、「名人」罷了。《文子‧微明篇》所列的二十五等人中，連上上等的神人還夠不上做民族英雄，何況其餘的？我希望你先把做成英雄的條件認識明白，然後分析

民族對他的需要和他對於民族所成就的勛績，才將這「民族英雄」的徽號贈給他。

復成仁

　　來信說在變亂的世界裡，人是會變畜生的。這話我可以給你一個事實的證明。小汕在鄉下種地的那個哥哥，在三個月前已經變了馬啦。你聽見這新聞也許會罵我荒唐，以為在科學昌明的時代還有這樣的怪事，但我請你忍耐看下去就明白了。

　　嶺東的淪陷區裡，許多農民都缺乏糧食，是你所知道的。即如沒淪陷的地帶也一樣地鬧起米荒來。當局整天說辦平糶，向南洋華僑捐款，說起來，米也有，錢也充足，而實際上還不能解決這嚴重的問題，不曉得真是運輸不便呢，還是另有原由呢？一般率直的農民受飢餓的迫脅總是向阻力最小、資糧最易得的地方奔投。小汕的哥哥也帶了充足的盤纏，隨著大眾去到韓江下游的一個淪陷口岸，在一家小旅館投宿，房錢是一天一毛，便宜得非常。可是第二天早晨，他和同行的旅客都失了蹤！旅館主人一早就提了些包袱到當鋪去。回店之後，他又把自己幽閉在帳房裡數什麼軍用票。店後面，一股一股的滷肉香噴放出來。原來那裡開著一家滷味鋪，賣的很香的滷肉、灌腸、燻魚之類。肉是三毛一斤，說

是從營盤批出來的老馬，所以便宜得特別。這樣便宜的食品不久就被吃過真正馬肉的顧客發現了它的氣味與肉裡都有點不對路，大家才同調地懷疑說：「大概是來路的馬罷，可不是！小汕的哥哥也到了這類的馬群裡去了！變亂的世界，人真是會變畜生的。」

這裡，我不由得有更深的感想，那使同伴在物質上變牛變馬，是由於不知愛人如己，雖然可恨可憐，還不如那使自己在精神上變豬變狗的人們。他們是不知愛己如人，是最可傷可悲的。如果這樣的言人比那些被食的人畜多，那還有什麼希望呢？

無法投遞之郵件

給誦幼

不能投遞之原因──地址不明,退發信人寫明再遞。

誦幼,我許久沒見你了。我近來患失眠症。夢魂呢,又常困在軀殼裡飛不到你身邊,心急得很。但世間事本無客人著急的餘地,越著急越不能到,我只得聽其自然罷了。你總不來我這裡,也許你怪我那天藏起來,沒有出來幫你忙的緣故。呀,誦幼,若你因那事怪了我,可就冤枉極了!我在那時,全身已拋在煩惱的海中,自救尚且不暇,何能顧你?今天接定慧的信,說你已經被釋放了,我實在歡喜得很!呀,誦幼,此後須要小心和男子相往來。你們女子常說「男子壞的很多」,這話誠然不錯。但我以為男子的壞,並非他生來就是如此的,是跟女子學來的。誦幼,我說這話,請你不要怪我。你的事且不提,我拿文錦的事來說罷。他對於尚素本來是很誠實的,但尚素要將她和文錦的交情變為更親密的交情,故不得不胡亂獻些殷勤。呀,女人的殷勤,就是使男子變壞的砒石喲!我並不是說女子對於男子要很森嚴、冷酷,像懷霄待人一樣,不過說沒有智慧的殷勤是危險的罷了。

我盼望你今後的景況像湖心的白鴿一樣。

248

給貞蕤

不能投遞之原因——此人已離廣州。

自走馬營一別，至今未得你的消息。知道你的生活和行腳僧一樣，所以沒有破旅愁的書信給你念。昨天從（禾元）香處聽見你的近況，且知道你現在住在這裡，不由得我不寫這幾句話給你。

我的朋友，你想北極的冰洋上能夠長出花菖蒲，或開得像尼羅河邊的王蓮來麼？我勸你就回家去罷。放著你清涼而恬淡的生活不享，飄零著找那不知心的「知心人」，為何自找這等刑罰？縱說是你當時得罪了他，要找著他向他謝罪，可是罪過你已認了，那溫潤不撓、如玉一般的情好豈能彌補得毫無瑕疵？

我的朋友，我常想著我曾用過一管筆，有一天無意中把筆尖誤燒了（因為我要學篆書，聽人說燒尖了好寫），就不能再用它。但我很愛那筆，用盡許多法子，也補救不來；就是拿去找筆匠，也不能出什麼主意，只是叫我再換過一管罷了。我對於那天天接觸的小寶貝，雖捨不得扔掉，也不能不把它藏在筆囊裡。人情雖不能像這樣換法，然而，我們若在不能換之中，姑且當做能換，也就安慰多了。你有心犧牲你的命運，他卻無意成就你的願望，你又何必？我勸你早一點回去罷，看你年少的容貌或逃鏡影中，在你背後的黑影快要

249

闖入你的身裡，把你青春一切活潑的風度趕走，把你光豔的軀殼奪去了。

我再三叮嚀你，不知心的「知心人」，縱然找著了，只是加增懊惱，毫無用處的。

給小戀

不能投遞之原因——此人已入瘋人院。

綠綺湖邊的夜談，是我們所不能忘掉的。但是，小戀，我要告訴你，迷生絕不能和我一樣，常常惦念著你，因為他的心多用在那戀愛的遺骸上頭。你不是教我探究他的意思嗎？我昨天一早到他那裡去，在一件事情上，使我理會他還是一個愛的墳墓的守護者。若是你願意聽這段故事，我就可以告訴你。

我一進門時，他垂著頭好像很悲傷的樣子，便問：「迷生，你又想什麼來？」他嘆了一聲才說：「她織給我的領帶壞了！我身邊再也沒有她的遺物了！人丟了，她的東西也要陸續地跟著她走，真是難解！」我說：「是的，太陽也有破壞的日子，何況一件小小東西，你不許它壞，成麼？」

「為什麼不成。若是我不用它，就可以保全它，然而我怎能不用？我一用她給我留下的器用，就藉那些東西要和她交通，且要得著無量安慰。」他低垂的視線牽著手裡的舊領

帶接著說：「唉，現在她的手澤都完了！」

小巒，你想他這樣還能把你惦記在心裡麼？你太輕於自信了。我不是使你失望，我很了解他，也了解你，你們固然是親戚，但我要提醒除你疏淡的友誼外，不要多走一步。因為，凡最終的地方，都是在對岸那很高、很遠、很暗，且不能用平常的舟車達到底。你和迷生的事，據我現在的觀察，縱使蜘蛛的絲能夠織成帆，蜣螂的甲能夠裝成船，也不能度你過第一步要過的心意的海洋。你不要再發痴了，還是回向蓮臺，拜你那低頭不語的偶像好。你常說我給麻醉劑你服，不錯的！若是我給一毫一厘的**興奮劑**你服，恐怕你要起不來了。

答勞雲

不能投遞的原因——勞雲已投金光明寺，在嶺上，不能遞。

中夜起來，月還在座，渴鼠躍上桌子偷我筆洗裡的墨水喝，我一下床牠就嚇跑了。牠驚醒我，我嚇跑牠，也是公道的事情。到窗邊坐下，且不點燈，回想去年此夜，我們正在了因的園裡共談，你說我們在萬本芭蕉底下直像草根底下鬥鳴的小蟲。唉，今夜那園裡的小蟲必還在草根底下叫著，然而我們呢？本要獨自出去一走，怎奈院裡鬼影歷亂，又沒有侶伴，只得作罷了。睡不著，偏想茶喝，到後房去，見我的

　　小丫頭被慵睡鎖得很牢固，不好解放她，喝茶的念頭，也得作罷了。回到窗邊坐下，摩摩窗櫺，無意摩著你前月的信，就仗著月燈再念了一遍，可幸你的字比我寫得還要粗大，念時，尚不費勁。在這時候，只好給你寫這封回信。

　　勞雲，我對了因所說，那得天下荒山，重疊圍合，做個太監牢——野獸當邏卒，古樹作柵欄，煙去擬桎梏，薜蘿為索鏈，——閒散地囚盡你這流動人愁懷的詩犯？不想你真要自首去了！去也好，但我只怕你一去到那裡便成詩境，不是詩牢了。

　　你問我為什麼叫你做詩犯，我自己也不知其所以然。我覺得你的詩雖然很好，可是你心裡所有的和手裡寫出來的總不能適合，不如把筆摔掉，到那只許你心兒領會的詩牢去更妙。遍世間儘是詩境，所以詩人易做。詩人無論遇著什麼，總不肯崢嘿著，非發出些愁苦的詩不可。真是難解。譬如今夜夜色，若你在時，必要把院裡所有的調戲一番，非叫它們都哭了，你不甘心。這便是你的過犯了。所以我要叫你做詩犯，很盼望你做個詩犯。

　　一手按著手電燈，一手寫字，很容易乏，不寫了。今夜起來，本不是為給你寫回信，然而在不知不覺中，就誤了我半小時，不能和我那個「月」默談。這又是你的罪過！

　　院裡的蟲聲直如鬼哭，聽得我毛髮盡竦。還是埋頭枕底，讓那隻小鼠暢飲一場罷。

給琰光

不能投遞之原因——琰光南歸就婚，囑所有男友來書均退回。

你在我心中始終是一個生面人，彼此間再也不能有什麼微妙深沉的認識了，這也是難怪的。白孔雀和白熊雖是一樣清白，而性情的冷暖各不相同，故所住的地方也不相同。我看出來了！你是白熊，只宜徘徊於古冰崢嶸的岩壑間，當然不能與我這白孔雀一同飛翔於縹藤縷縷、繁花樹樹的森林裡。可惜我從前對你所有意緒，到今日落得寸斷毫分，流離到蹤跡都無。我終恨我不是創作者呀！怎麼連這剎那等速的情愛時間也做不來？

我熱極了，躺在病床上，只是同冰作伴。你的情愫也和冰一樣，我愈熱，你愈融，結果只使我戴著一頭冷水。就是在手中的，也消融盡了。人間第一痛苦就是無情的人偏會裝出多情的模樣，有情的倒是緘口束手，無所表示！啟芳說我是泛愛者，勞生說我是兼愛者，但我自己卻以為我是困愛者。我實對你說，我自己實不敢作，也不能作愛戀業，為困於愛，故鎮日顛倒於這甜苦的重圍中，不能自行救度。愛的沉淪是一切救主所不能救的。愛的迷濛是一切天人師所不能訓誨開示的。愛的剛愎是一切調御丈夫所不能降伏的。

病中總希望你來看看我，不想你影兒不露，連信也不

來！似游絲的情緒只得因著記憶的風掛搭在西園西籬，晚霞現處。那裡站著我兒時曾愛，現在猶愛的邕。她是我這一生第一個女伴，二十四年的別離，我已成年，而心象中的邕還是兩股小辮垂在綠衫兒上。畢章是別離好呵！別離的人總不會老的，你不來也就罷了，因為我更喜歡在舊夢中尋找你。

你去年對我說那句話，這四百日中，我未嘗忘掉要給你一個解答。你說愛是你的，你要予便予，要奪便奪。又說要得你的愛須付代價。咦，你老脫不掉女人的驕傲！無論是誰，都不能有自己的愛，你未生以前，愛戀早已存在，不過你偷了些少來眩惑人罷了。你到底是個愛的小竊，同時是個愛的典質者。你何嘗花了一絲一忽的財寶，或費了一言一動的勞力去索取愛戀，你就想便宜得來，高貴地售出？人間第二痛苦就是出無等的代價去買不用勞力得來的愛戀。我實在告訴你，要代價的愛情，我買不起。

焦把紙筆拿到床邊，迫著我寫信給你，不得已才寫了這一套話。我心裡告訴我說，從誠實心表見出來的言語，永不致於得罪人，所以我想上頭所說的不會動你的怒。

給憬然三姑

不能投遞之原因——本宅並無「三姑」稱謂。

我來找你，並不是不知道你已嫁了，怎麼你總不敢出來

和我敘敘舊話？我一定要認識你的「天」以後才可以見你
麼？三千里的海山，十二年的隔絕，此間：每年、每月、
每個時辰、每一念中都盼著要再會你。一踏入你的大門，我
心便擺得如鞦韆一般，幾乎把心房上的大脈震斷了。誰知坐
了半天，你總不出來！好容易見你出來，客氣話說了，又
坐我背後。那時許多人要與我談話，我怎好意思回過臉去向
著你？

　　合巹酒是女人的懵兜湯，一喝便把兒女舊事都忘了，所
以你一見了我，只似曾相識，似不相識，似怕人知道我們曾
相識，兩意三心，把舊時的好話都撇在一邊。

　　那一年的深秋，我們同在昌華小榭賞殘荷。我的手誤觸
在竹欄邊的仙人掌上，竟至流血不止。你從你的鏡囊取出些
粉紙，又拔兩根你香柔而黑甜的頭髮，為我裹纏傷處。你記
得那時所說的話麼？你說：「這頭髮雖然不如弦的韌，用來
纏傷，足能使得，就是用來繫愛人的愛也未必不能勝任。」
你含羞說出的話真的把我心繫住，可是你的記憶早與我的傷
痕一同喪失了。

　　又是一年的秋天，我們同在屋頂放一隻心形紙鳶。你扶
著我的肩膀看我把線放盡了。紙鳶騰得很高，因為風力過
大，扯得線兒欲斷不斷。你記得你那時所說的話麼？你說：
「這也不是『紅線』，容它斷了罷。」我說：「你想我捨得把
我偷閒做成的『心』放棄掉麼？縱然沒有紅線，也不能容

它流落。」你說：「放掉假心，還有真心呢。」你從我手裡把白線奪過去，一撒手，紙鳶便翻了無數的筋鬥，帶著墮線飛去，掛在皇覺寺塔頂。那破心的纖維也許還存在塔上，可是你的記憶早與當時的風一樣地不能追尋了。

有一次，我們在流花橋上聽鷦鴣，你的白襪子給道傍的曼陀羅花汁染汙了。我要你脫下來，讓我替你洗淨。你記得當時你說什麼來？你說：「你不怕人笑話麼，——豈有男子給女人洗襪子的道理？你忘了我方才用梔子花蒂在你掌上寫了我的名字麼？一到水裡，可不把我的名字從你手心洗掉，你怎捨得？」唉，現在你的記憶也和寫在我掌上的名字一同消滅了！

真是合巹酒是女人懶兜湯，一喝便把兒女舊事都忘了。但一切往事在我心中都如殘機的線，線線都相連著，一時還不能斷盡。我知道你現在很快活，因為有了許多子女在你膝下。我一想起你，也是和你對著兒女時一樣地喜歡。

給爽君夫婦

不能投遞之原因——爽君逃了，不知去向。

你的問題，實在是時代問題，我不是先知，也不能決定說出其中的奧祕。但我可以把幾位朋友所說的話介紹給你知道，你定然要很樂意地念一念。

我有一位朋友說：「要雙方發生誤解，才有愛情。」他的意思以為相互的誤解是愛情的基礎。若有一方面了解，一方面誤解，愛也無從懸掛的。若兩方面都互相了解，只能發生更好的友誼罷了。愛情的發生，因為我不知道你是怎麼一回事，你不知道我是怎麼一回事。若彼此都知道很透澈，那時便是愛情的老死期到了。

　　又有一位朋友說：「愛情是彼此的幫助：凡事不顧自己，只顧人。」這句話，據我看來，未免廣泛一點。我想你也知道其中不盡然的地方。

　　又有一位朋友：「能夠把自己的人格忘了，去求兩方更高的共同人格便是愛情。」他以為愛情是無我相的，有「我」的執著不能愛，所以要把人格丟掉；然而人格在人間生活的期間內是不能拋棄的，為這緣故，就不能不再找一個比自己人格更高尚的東西。他說這要找的便是共同人格。兩方因為再找一個共同人格，在某一點上相遇了，便連合起來成為愛情。

　　此外有許多陳腐而很新鮮的論調我也不多說了。總之，愛情是非常神祕，而且是一個人一樣的。近時的作家每要誇炫說：「我是不寫愛情小說，不做愛情詩的。」介紹一個作家，也要說：「他是不寫愛情的文藝的。」我想這就是我們不能了解愛情本體的原因。愛情就是生活，若是一個作家不會描寫，或不敢描寫，他便不配寫其餘的文藝。

　　我自信我是有情人，雖不能知道愛情的神祕，卻願多多地描寫愛情生活。我立願盡此生，能寫一篇愛情生活，便寫一篇；能寫十篇，便寫十篇；能寫百、千、億、萬篇，便寫百、千、億、萬篇。立這志願，為的是安慰一般互相誤解、不明白的人。你能不罵我是愛情牢獄的廣告人麼？

　　這信寫來答覆爽君。亦雄也可同念。

覆誦幼

　　不能投遞之原因——該處並無此人。

　　「是神造宇宙、造人間、造人、造愛；還是愛造人、造人間、造宇宙、造神？」這實與「是男生女，是女生男」的舊謎一般難決。我總想著人能造的少，而能破的多。同時，這一方面是造，那一方面便是破。世間本沒有「無限」。你破璞來造你的玉簪，破貝來造你的珠珥，破木為梁，破石為牆，破蠶、棉、麻、麥、牛、羊、魚、鱉的生命來造你的日用飲食，乃至破五金來造貨幣、槍彈，以殘害同類、異種的生命。這都是破造雙成的。要生活就得破。就是你現在的「室家之樂」也從破得來。你破人家親子之愛來造成的配偶，又何嘗不是破？破是不壞的，不過現代的人還找不出破壞量少而建造量多的一個好方法罷了。

　　你問我和她的情誼破了不，我要誠實地回答你說：誠然，

我們的情誼已經碎為流塵，再也不能復原了；但在清夜中，舊誼的鬼靈曾一度躡到我記憶的倉庫裡，悄悄把我伐情的斧——怨恨——拿走。我揭開被縛起來，待要追它，它已乘著我眼中的毛輪飛去了。這不易尋覓的鬼靈只留它的蹤跡在我書架上。原來那是伊人的文件！我伸伸腰，揉著眼，取下來念了又念，伊人的冷面複次顯現了。舊的情誼又從字裡行間復活起來。相怨後的復和，總解不通從前是怎麼一回事，也訴不出其中的甘苦。心面上的青紫唯有用淚洗濯而已。有澀淚可流的人還算不得是悲哀者。所以我還能把壁上的琵琶抱下來彈彈，一破清夜的岑寂。你想我對著這歸來的舊好必要彈些高興的調子。可是我那夜彈來彈去只是一闋《長相憶》，總彈不出《好事》！這奈何，奈何？我理會從記憶的墳裡復現的舊誼，多年總有些分別。但玉在她的信裡附著幾句短詞嘲我說：

噫，說到相怨總是表面事，心裡的好人兒仍是舊相識。

是愛是憎本容不得你做主，你到底是個愛戀的奴隸！

她所嘲於我的未免太過。然而那夜的境遇實是我破從前一切情愫所建造的。此後，縱然表面上極淡的交誼也沒有，而我們心心的理會仍可以來去自如。

你說愛是神所造，勸我不要拒絕，我本沒有拒絕，然而憎也是神所造，我又怎能不承納呢？我心本如香水海，只任輕浮的慈惠船載著喜愛的花果在上面遊蕩。至於滿載痴石嗔

火的簿筏，終要因它的危險和沉重而消沒淨盡，焚燬淨盡。愛憎既不由我自主，那破造更無消說了。因破而造，因造而破，緣因更迭，你哪能說這是好，那是壞？至於我的心跡連我自己也不知道，你又怎能名其奧妙？人到無求，心自清寧，那時既無所造作，亦無所破壞。我只覺我心還有多少欲念除不掉，自當勇敢地破滅它至於無餘。

你，女人，不要和我講哲學。我不懂哲學。我勸你也不要希望你腦中有百「論」、千「說」、億萬「主義」，那由他「派別」，辯來論去，逃不出雞子方圓的爭執。縱使你能證出雞子是方的，又將如何？你還是給我講講音樂好。近來造了一闋《暖雲烘寒月》琵琶譜，順抄一份寄給你。這也是破了許多工夫造得來的。

覆真齡

不能投遞之原因——真齡去國，未留住址。

自與那人相怨後，更覺此生不樂。不過舊時的愛好，如潔白的寒鷺，三兩時間飛來歇在我心中泥濘的枯塘之岸，有時漫涉到將乾未乾的水中央，還能使那寂靜的平面隨著她的步覆起些微波。

唉，愛姊姊和病弟弟總是孿生的呵！我已經百夜沒睡了。我常說，我的愛如香冽的酒，已經被人飲盡了，我哀傷

的金罍裡只剩些殘冰的融液，既不能醉人，又足以凍我齒牙。你試想，一個百夜不眠的人，若渴到極地，就禁得冷飲麼？

「為愛戀而去的人終要循著心境的愛跡歸來。」我老是這樣地顛倒夢想。但兩人之中，誰是為愛戀先走開的？我說那人，那人說我。誰也不肯循著誰的愛跡歸來。這委是一件胡盧事！玉為這事也和你一樣寫信來呵責我，她真和她眼中的瞳子一樣，不用鏡子就映不著自己。所以我給她寄一面小鏡去。她說：「女人總是要人愛的」，難道男子就不是要人愛的？她當初和球一自相怨後，也是一樣蒙起各人的面具，枉逢直如不識。他們兩個復和，還是我的工夫，我且寫給你看。

那天，我知道球要到帝室之林去賞秋葉，就慫恿她與我同去。我遠地看見球從溪邊走來，藉故撇開她，留她在一棵楓樹下坐著，自己藏在一邊靜觀。人在落葉上走是祕不得的。球的足音，諒她聽得著。球走近樹邊二丈相離的地方也就不往前進了。他也在一根橫臥的樹根上坐下，拾起枯枝只顧揮撥地上的敗葉。她偷偷地看球，不做聲，也不到那邊去。球的雙眼有時也從假意低著的頭斜斜地望她。他一望，玉又假做看別的了。誰也不願意表明誰看著誰來。你知道這是很平常的事。由愛至怨，由怨至於假不相識，由假不相識也許能回到原來的有情境地。我見如此，故意走回來，向她說：「球在那邊哪！」她回答：「看見了。」你想這話若多兩

個字「欽此」，豈不成這娘娘的懿旨？我又大聲嚷球。他的回答也是一樣地莊嚴，幾乎帶上「欽此」二字。我跑去把球揪來。對他們說：「你們彼此相對道道歉，如何？」到底是男子容易勸。球到她跟前說：「我也不知道怎樣得罪你。他迫著我向你道歉，我就向你道歉罷。」她望著球，心裡愉悅之情早破了她的雙頰衝出來。她說：「人為什麼不能自主到這步田地？連道個歉也要朋友迫著來。」好了，他們重新說起話來了！

她是要男子愛的，所以我能給她辦這事。我是要女人愛的，故毋需去瞅睬那人，我在情誼的道上非常誠實，也沒有變動，是人先離開的。誰離開，誰得循著自己心境的愛跡歸來。我哪能長出千萬翅膀飛入蒼茫裡去找她？再者，他們是醉於愛的人，故能一說再合。我又無愛可醉，犯不著去討當頭一棒的冷話。您想是不是？

給懷霄

不能投遞之原因——此信遺在道旁，由陳齋夫拾回。

好幾次寫信給你都從火爐裡捎去。我希望當你看見從我信箋上出來那幾縷煙在空中飄揚的時候，我的意見也能同時印入你的網膜。

懷霄（上雨＋下青），我不願意寫信給你的緣故，因為

你只當我是有情的人，不當我是有趣的人。我常對人說，你是可愛的，不過你遊戲天地的心比什麼都強，人還夠不上愛你。朋友們都說我愛你，連你也是這樣想，真是怪事！你想男女得先定其必能相愛，然後互相往來麼？好人甚多，怎能個個愛戀他？不過這樣的成見不止你有，我很可以原諒你。我的朋友，在愛的田園中，當然免不了三風四雨。從來沒有不變化的天氣能教一切花果開得斑斕，結得磊砢的。你連種子還沒下，就想得著果實，便是辦不到的。我告訴你，真能下雨的雲是一聲也不響的。不掉點兒的密雲，雷電反發射得彌滿天地。所以人家的話，不一定就是事實，請你放心。

　　男子願意做女人的好伴侶、好朋友，可不願意當她們的奴才，供她們使令。他願意幫助她們，可不喜歡奉承諂媚她們，男子就是男子，媚是女人的事。你若把「女王」、「女神」的尊號暫時收在鏡囊裡，一定要得著許多能幫助你的朋友。我知道你的性地很冷酷，你不但不願意得幾位新的好友，或極疏淡的學問之交，連舊的你也要一個一個棄絕掉。嫁了的女朋友，和做了官的男相識，都是不念舊好的。與他們見面時，常竟如路人。你還未嫁，還未做官，不該施行那樣的事情。我不是呵責你，也不是生氣，——就使你侮辱我到極點，我也不生氣。我不過盡我的情勸告你罷了。說到勸告，也是不得已的。這封信也是在萬不得已的境遇底下寫的，寫完了，我還是盼望你收不到。

覆少覺

不能投遞之原因——受信人地址為墨所汙，無法投遞。

同年的老弟：我知道懷書多病，故月來未嘗發信問候，恐惹起她的悲怨。她自說：「我有心事萬縷，總不願寫出、說出。到無可奈何時節，只得由它化作血絲飄出來。」所以她也不寫信告訴我她到底是害什麼病。我想她現時正躺在病榻上呢。

唉，懷書的病是難以治好的。一個人最怕有「理想」。理想不但能使人病，且能使人放棄他的性命。她甚至抱著理想的理想，怎能不每日病透二十四小時？她常對我說：「有而不完全，寧可不有。」你想「完全」真能在人間找得出來的麼？就是遍遊億萬塵沙世界，經過莊嚴劫，賢劫，星宿劫，也找不著呀！不完全的世界怎能有完全的人？她自己也不完全，怎配想得一個完全的男子？縱使世間真有一個完全的男子，與她理想的理想一樣，那男子對她未必就能起敬愛。罷了！這又是一種渴鹿趨陽焰的事，即令他有千萬蹄，每蹄各具千萬翅膀，飛跑到曠野盡處，也不能得點滴的水。何況她還盼望得到綠洲做她的憩息飲食處？朋友們說她是「愚拙的聰明人」，誠然！她真是一個萬事伶俐，一時懵懂的女人。她總沒想到「完全」是由妖魔畫空而成，本來無東西，何能捉得住？多才、多藝、多色、多意想的人最容易犯

理想病。因為有了這些，魔便乘隙於她心中畫等等極樂；飾等等莊嚴；造等等偶像；使她這本來辛苦的身心更受造作安樂的刑罰。這刑罰，除了世人以為愚拙的人以外，誰也不能免掉。如果她知道這是魔的詭計，她就泅近解脫的岸邊了，「理想」和毒花一樣，眼看是美，卻拿不得。三家村女也知道開美麗的花的多是毒草，總不敢取來做肴饌，可見真正聰明人還數不到她。自求辛螫的人除用自己的淚來調反省的藥餌以外，再沒有別樣靈方。醫生說她外表似冷，內裡卻中了很深的繁花毒。由毒生熱惱，惱極成勞，故嘔心有血。我早知她的病原在此，只恨沒有神變威力，幻作大白香象，到阿耨達池去，吸取些清涼水來與她灌頂，使她表裡俱冷。雖然如此，我還盡力向她勸說，希望她自己能調伏她理想的熱毒。我寫到這裡，接朋友的信說她病得很凶，我得趕緊去看看她。

給憐生

偶出郊外，小憩野店，見綠榕葉上糝滿了黃塵。樹根上坐著一個人，在那裡呻吟著。裊說大概又是常見的那叫化子在那裡演著動人同情或惹人憎惡的營生法術罷。我喝過一、兩杯茶，那淒楚的聲音也和點心一齊送到我面前，不由得走到樹下，想送給那人一些吃的用的。我到他跟前，一看見他

的臉，卻使我失驚。憐生，你說他是誰？我認得他，你也認得他。他就是汕市那個頂會彈三弦的殷師。你記得他一家七八口就靠著他那十個指頭按彈出的聲音來養活的。現在他對我說他的一隻手已留在那被賊格殺的城市裡。他的家也教毒火與惡意毀滅了。他見人只會嚷：「手——手——手！」再也唱不出什麼好聽的歌曲來。他說：「求乞也求不出一隻能彈的手，白活著是無意味的。」我安慰他說：「這是賊人行兇的一個實據，殘廢也有殘廢生活的辦法，樂觀些罷。」他說：「假使賊人切掉他一雙腳，也比去掉他一個指頭強。有完全的手，還可以營謀沒慚愧的生活。」我用了許多話來鼓勵他。最後對他說：「一息尚存，機會未失。獨臂擎天，事在人為。把你的遭遇唱出來，沒有一隻手，更能感動人，使人人的手舉起來，為你驅逐醜賊。」他沉吟了許久，才點了頭。我隨即扶他起來。他的臉黃瘦得可怕，除掉心情的憤怒和哀傷以外，肉體上的飢餓、疲乏和感冒，都聚在他身上。

我們同坐著小車，輪轉得雖然不快，塵土卻隨著車後捲起一陣陣的黑旋風。頭上一架銀色飛機掠過去。殷師對於飛機已養成一種自然的反射作用，一聽見聲音就蜷伏著。裊說那是自己的，他才安心。回到城裡，看見報上說，方才那機是專載烤火雞到首都去給夫人、小姐們送新年禮的。好貴重的禮物！他們是越過滿布殘肢死體的戰場，敗瓦頹垣的村鎮，才能安然地放置在粉香脂膩的貴女和她們的客人面前。

希望那些烤紅的火雞，會將所經歷的光景告訴她們。希望它們說：我們的人民，也一樣地給賊人烤著吃咧！

答寒光

你說你佩服近來流行的口號：革命是不擇手段的，我可不敢贊同。革命是為民族謀現在與將來的福利的偉大事業，不像潑一盆髒水那麼簡單。我們要顧到民族生存的根本條件，除掉經濟生活以外，還要顧到文化生活。縱然你說在革命的過程中文化生活是不重要的，因為革命便是要為民族製造一個新而前進的文化，你也得做得合理一點，經濟一點。

革命本來就是達到革新目的的手段。要達到目的地，本來沒限定一條路給我們走。但是有些是崎嶇路，有些是平坦途，有些是捷徑，有些是遠道。你在這些路程上，當要有所選擇。如際不擇道路，你就是一個最笨的革命家。因為你為選擇了那條崎嶇又復遼遠的道路，你豈不是白糟蹋了許多精力、時間與物力？領導革命從事革命的人，應當擇定手段。他要執持信義、廉恥、振奮、公正等等精神的武器，踏在共利互益的道路上，才能有光明的前途。要知道不問手段去革命，只那手段有時便可成為前途最大的障礙。何況反革命者也可以不問手段地摧殘你的工作？所以革命要擇優越的、堅強的與合理的手段，不擇手段的革命是作亂，不是造福。你

贊跟我的意思罷！寫到此處，忽覺冷氣襲人，於是急閉窗戶，移座近火，也算衛生上所擇的手段罷，一笑。

　　雍來信說她面貌醜陋，不敢登場。我已回信給她說，戲臺上的人物不見得都美，也許都比她醜。只要下場時留得本來面目。上場顯得自己性格，塗朱畫墨，有何妨礙？

給華妙

　　瑰容她的兒子加入某種祕密工作。孩子也幹得很有勁。他看不起那些不與他一同工作的人們，說他們是活著等死。不到幾個月，祕密機關被日人發現，因而打死了幾個小同志。他幸而沒被逮去，可是工作是不能再進行了，不得已逃到別處去。他已不再幹那事，論理就該好好地求些有用的知識，可是他野慣了，一點也感覺不到知識的需要。他不理會他們的祕密的失敗是由組織與聯絡不嚴密和缺乏知識，他常常舉出他的母親為例，說受了教育只會教人越發頹廢，越發不振作，你說可憐不可憐！

　　瑰呢？整天要錢。不要錢，就是跳舞；不跳舞，就是……總而言之，據她的行為看來，也真不像是鼓勵兒子去做救國工作的母親。她的動機是什麼，可很難捉摸。不過我知道她的兒子當對她的行為表示不滿意。她也不喜歡他在家裡，尤其是有客人來找她的時候。

前天我去找她，客廳裡已有幾個歐洲朋友在暢談著。這樣的盛會，在她家裡是天天有的。她在群客當中，打扮得像那樣的女人。在談笑間，常理會她那抽菸、聳啟，瞟眼的姿態，沒一樣不是表現她的可鄙。她偶然離開屋裡，我就聽見一位外賓低聲對著他的同伴說：「她很美，並且充滿了性的引誘。」另一位說：「她對外賓老是這樣的美利堅化。……受歐美教育的中國婦女，多是擅於表歐美的情的，甚至身居重要地位的貴婦也是如此。」我是裝著看雜誌，沒聽見他們的對話，但心裡已為中國文化掉了許多淚。華妙，我不是反對女子受西洋教育。我反對一切受西洋教育的男女忘記了自己是什麼樣人，自己有什麼文化。大人先生們整天在講什麼「勤儉」、「樸素」、「新生活」、「舊道德」，但是節節失敗在自己的家庭裡頭，一想起來，除掉血，還有什麼可嘔的？

電子書購買

爽讀 APP

國家圖書館出版品預行編目資料

綴網勞蛛：我像蜘蛛，命運就是我的網 / 許地
山 著 . -- 第一版 . -- 臺北市：崧燁文化事業有限
公司 , 2023.10
面；　公分
POD 版
ISBN 978-626-357-668-1(平裝)
857.63　　112014961

綴網勞蛛：我像蜘蛛，命運就是我的網

臉書

作　　　者：許地山
發 行 人：黃振庭
出 版 者：崧燁文化事業有限公司
發 行 者：崧燁文化事業有限公司
E - m a i l：sonbookservice@gmail.com
粉 絲 頁：https://www.facebook.com/sonbookss/
網　　　址：https://sonbook.net/
地　　　址：台北市中正區重慶南路一段六十一號八樓 815 室
Rm. 815, 8F., No.61, Sec. 1, Chongqing S. Rd., Zhongzheng Dist., Taipei City 100,
Taiwan
電　　　話：(02) 2370-3310　　　傳　　　真：(02) 2388-1990
印　　　刷：京峯數位服務有限公司
律師顧問：廣華律師事務所 張珮琦律師

定　　　價：375 元
發行日期：2023 年 10 月第一版
◎本書以 POD 印製
Design Assets from Freepik.com